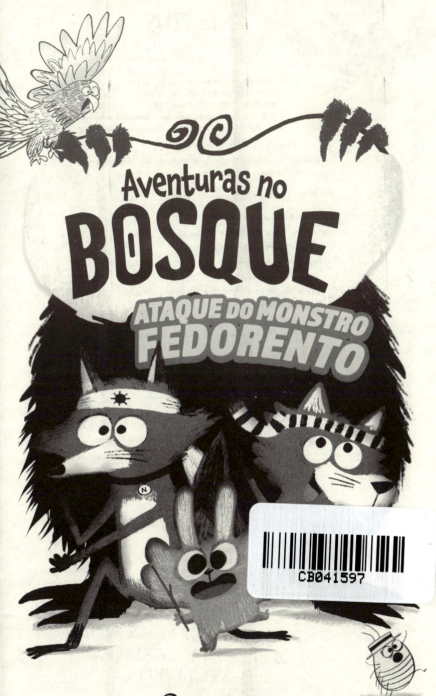

Para AMS

COPYRIGHT © FARO EDITORIAL, 2024
GRIMWOOD: ATTACK OF THE STINK MONSTER (BOOK #3)
Copyright © Nadia Shireen 2023
Published by arrangement with Simon & Schuster UK
Ltd 1st Floor, 222 Gray's Inn Road, London, WC1X 8HB

Todos os direitos reservados.
Nenhuma parte deste livro pode ser reproduzida sob quaisquer meios existentes sem autorização por escrito do editor.

Milkshakespeare é um selo da Faro Editorial.

Diretor editorial **PEDRO ALMEIDA**
Coordenação editorial **CARLA SACRATO**
Assistente editorial **LETÍCIA CANEVER**
Tradução **LUISA FACINCANI**
Revisão **ANA PAULA UCHOA**
Adaptação de capa e diagramação **DEBORAH TAKAISHI**
Ilustrações **NADIA SHIREEN**

Dados Internacionais de Catalogação na Publicação (CIP)
Jéssica de Oliveira Molinari CRB-8/9852

Shireen, Nadia
    Aventuras no bosque : ataque do monstro fedorento / Nadia Shireen ; tradução de Luisa Facincani. -- São Paulo : Faro Editorial, 2024.
    256 p. : il.

    ISBN 978-65-5957-581-7
    Título original: Griwmwood: Attack of the stink monster

1. Literatura infantojuvenil inglesa I. Título II. Facincani, Luisa

24-1925   CDD 028.5

Índices para catálogo sistemático:
1. Literatura infantojuvenil inglesa

FARO EDITORIAL

1ª edição brasileira: 2024
Direitos de edição em língua portuguesa, para o Brasil, adquiridos por **FARO EDITORIAL**

Avenida Andrômeda, 885 — Sala 310
Alphaville — Barueri — SP — Brasil
CEP: 06473-000
www.faroeditorial.com.br

NENHUM ANIMAL (de verdade) FOI FERIDO NA CRIAÇÃO DESTE LIVRO.

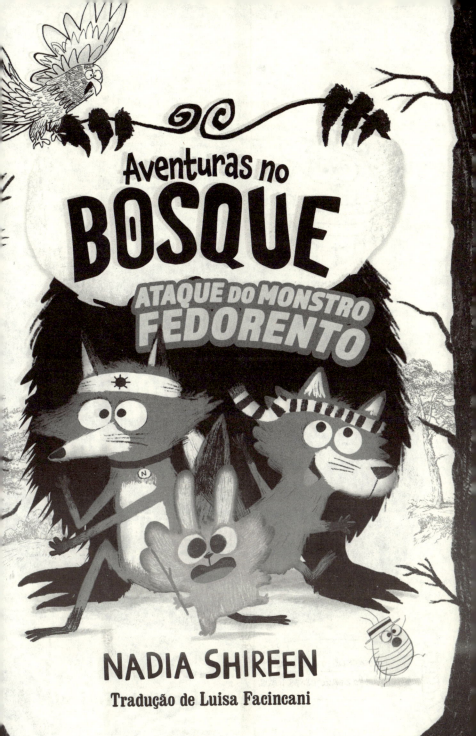

Bom, eu sou um tatuzinho, motorista de ônibus, ótimo atleta e, acima de tudo, sou seu amigo leal e guia. **Como você está?** Acabei de voltar das minhas férias em um hotel maravilhoso em... hum, não tenho certeza exatamente. Fiquei preso em uma mala cheia de chinelos. **Era muito escuro lá dentro.**

Enfim, vamos nos alegrar! **Porque estamos de VOOOOOLTA ao bosque!** E temos um livro para ler, uma história para contar e jovens mentes que precisam se surpreender. Não é empolgante? (Só diga "sim".)

ESTRELANDO:

Uma raposinha fofa da Cidade Grande que acha tudo incrível no bosque. Ele gosta de teatro, cheirar flores e que tudo esteja alegre sempre.

A irmã mais velha de Ted, uma raposa sagaz que acha o bosque um lugar totalmente doido. Ela gosta de café, de rosnar e de cuidar do Ted.

Saltitante e feroz, Willow, a coelha, tem um grande coração e energia infinita, mas ela bate em quem a chama de fofa, tá legal?

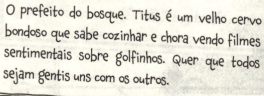

O prefeito do bosque. Titus é um velho cervo bondoso que sabe cozinhar e chora vendo filmes sentimentais sobre golfinhos. Quer que todos sejam gentis uns com os outros.

Uma pata extremamente chique que costumava ser atriz. É dona de uma rede de hotéis de luxo, mas atualmente vive em uma pilha de carrinhos de mercado antigos.

Uma coruja rabugenta com enormes sobrancelhas que, em segredo, gosta de todo mundo. Passa suas noites lendo livros difíceis e ouvindo *jazz*.

Uma gralha que gosta de **FESTEJAR!** Soluço gosta de música, chapéus engraçados e gritar **UHUUUL** o tempo todo.

Um texugo com um coração enorme que sempre cuida dos seus amigos. Ele é um péssimo motorista, mas a maioria dos texugos dirige mal.

Grimwood

FLORES CINTILA

Atenção.
Mapa completamente inútil

VILA DOS COELHOS

DO TITUS

Soluço, a gralha festeira

CAPÍTULO 1
Sonhando

Era madrugada no bosque Grimwood. As folhas nas árvores brilhavam prateadas à luz do luar. Tudo estava em silêncio. Tudo estava quieto.

—UHUUUUL, UHUUUL, UHUUUUUUUUUL! — gritou Soluço, a gralha festeira que cambaleava pela floresta, deixando uma trilha de *glitter* atrás dela.

— Por onde você andou, So? — perguntou uma minhoca curiosa.

— Numa despedida de solteiro — respondeu Soluço, arrancando alguns cílios postiços. — Foi um ABSURDO! Eu botei um ovo enorme.

— Maneiro — disse a minhoca.

A chegada barulhenta de Soluço ao bosque causou uma pequena confusão. Os animais começaram a acordar de seu sono profundo.

— Uuuh, uuuh, uuuh! — disse uma coruja.

— Cuí, cuí — fez um pequeno pardal.

— Croac! — falou um sapo estranho.

— Nham, hora de comer banana! — disse uma formiga que havia acabado de encontrar uma banana.

— Fechem a matraca, pessoal — pediu outra coruja, muito mais rabugenta. — Alguns de nós querem dormir!

A coruja rabugenta se chamava Frank, e ele estava tendo um sonho excelente em que encontrava um disco raro do lendário músico de *jazz* Gonzo DoBaixo.

— É de graça, pode ficar! — disse o vendedor. — Na verdade, leve todos esses discos caríssimos de graça, Frank. É seu dia de sorte. Uuuh, Uuuh!

— Uau! — disse Frank. — Este é o dia mais feliz da minha vida! — Mas então, o piar da coruja na vida real o acordou e, quando ele percebeu que tudo tinha sido apenas um sonho, ficou muito chateado.

Titus, o cervo, estava sonhando que finalmente vencia o *Geleia de Ouro do Bosque*, uma competição anual brutalmente acirrada de fazer geleia.

Ele competia todo ano, mas sempre perdia para Cerise Compota, uma castora local. Em seu sonho, Titus segurava o casco do juiz principal – o prefeito do bosque – e sorria enquanto uma condecoração dourada era colocada em seu peito. O fato do próprio Titus ser o prefeito do bosque não parecia importar muito no mundo dos sonhos.

— É uma honra! — disse Titus.

— Sua geleia estava realmente maravilhosa — disse o outro Titus.

Então Titus abriu a boca para lamber um pouco de geleia do pote, mas sua língua ficou cada vez mais comprida e, de repente, o outro Titus se transformou em seu antigo professor de geografia, e não é irritante quando os sonhos ficam esquisitos assim?

Willow, uma coelha extremamente fofa, estava dormindo ao lado de seus 153 irmãos e irmãs em sua toca na Vila dos Coelhos, uma área do bosque que havia sido completamente tomada por ~~vacas~~ coelhos.

— Zaaaaap! Toma essa, perdedores! **ZZzzAAAAp!**

Em seu sonho, ela era uma ENORME COELHA-ROBÔ GIGANTE que podia disparar *lasers* pelos olhos, e caminhava pela Cidade Grande, explodindo carros, lixeiras, alienígenas e outras coisas.

Wiggy, o texugo, estava roncando quase tão alto quanto seus irmãos Monty, Jeremy, Jeremy e Jeremy.

Ele estava sonhando que devorava um enorme bufê de café da manhã à vontade.

— Huuuum — babava ele. — Ovos, linguiças, feijões, *bacon*, torradas, cogumelos, tomates, batatas fritas, anéis de cebola e um hambúrguer para dar sorte. Ah, e um *milk-shake* de morango. Uhuuuul! — Ele pegou um pote de *ketchup* e, com um energético *creclac!*, ele o apertou em cima da comida, em cima da cabeça e na cozinha toda até estar nadando em um mar gosmento de *ketchup*.

Sobre as águas cinzentas do Laguinho, Ingrid, a pata, flutuava serenamente na sua ilha de carrinhos de mercado. Ela e o marido,

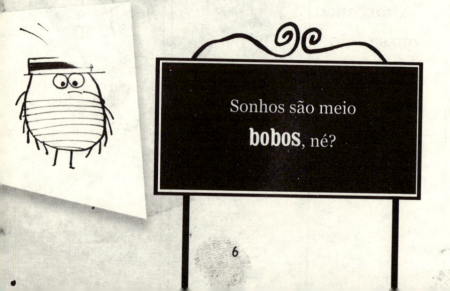

Sonhos são meio **bobos**, né?

sir Charles Fotheringay, usavam máscaras de seda que combinavam e chinelos felpudos.

Ingrid estava tendo um de seus sonhos favoritos. Ela estava em uma cerimônia de premiação elegante, empoleirada bem acima do palco. Ninguém podia vê-la. Sob ela estava sua grande rival, Tuty Panquequinha, uma jovem pata com olhos grandes e penas douradas brilhantes. Tuty havia

roubado todos os papéis de Ingrid, e agora recebia um prêmio de Melhor Atriz, o que era totalmente absurdo.

— Eu gostaria de agradecer à Academia por este prêmio — soluçou Tuty — e àqueles velhos patos tristes e cansados, como Ingrid. Sem eles abrindo caminhos, eu não estaria aqui. Viva eu!

Com raiva, Ingrid fez um cocozão certeiro e rápido na cabeça de Tuty. Ela gritou. O público perdeu o fôlego. Ingrid gargalhou enquanto dormia e virou para o lado.

Pâmela, a águia, não sonhava, porque não acreditava em dormir.

— ISSO É PARA OS FRACOTES! — ria ela. — ENQUANTO VOCÊS, FRACOTES, DORMEM, EU MONITORO ATIVIDADES SUSPEITAS COM MINHAS CÂMERAS DE SEGURANÇA.

Pâmela vivia em um ninho emaranhado de velhos computadores, celulares e fios no topo de uma enorme torre de transmissão conhecida como Torre Mágica. Ela zumbia de forma estranha. E Pâmela também.

— **UHUUUUUL!** — disse uma voz misteriosa. Exceto que não era de maneira alguma misteriosa, já que todos sabemos que Soluço, a gralha festeira, é a única que grita **"UHUUUL"** por aqui.

Soluço agora vivia com Pâmela. Eram melhores amigas e até apresentavam um programa de rádio juntas, que é, na verdade, bastante popular, se você não sabe.

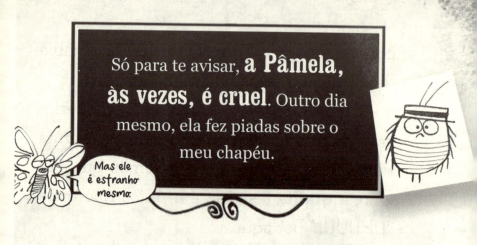

A toca de raposa do bosque ficou vazia por muito tempo, mas agora é o lar de Ted e Nancy, uma dupla de jovens raposas briguentas que tinham se mudado da Cidade Grande.

Ted estava aconchegado em sua pantufa fofinha, que ele chamava de Pantufa. Estava sonhando que tocava violão na frente de milhares de fãs que gritavam. Era brilhante.

— Oi, pessoal! — gritou ele. — Esta vai para todos os coelhos...

E ele abriu a boca para cantar. Só que ele tinha esquecido todas as palavras. Então ele as inventou na hora e ninguém se importou.

O público foi à loucura e começou a entoar:

— Ted! Ted! Ted! Ted!

Então parecia que o público estava lhe dando tapas no rosto e gritando "EI! TED! TED! Acorde!". Ele abriu os olhos e viu que, na verdade, era sua irmã mais velha, Nancy, que estava lhe dando tapas.

— Ah, não! — resmungou Ted com sono. — Era só um sonho! Buuu!

Ele esfregou os olhos e bocejou.

Quando ele abriu os olhos de verdade, percebeu que ainda era noite, e Nancy estava andando de um lado para o outro na toca parecendo preocupada.

— O que foi, mana? — perguntou ele. — Por que você me acordou?

Nancy olhou com vergonha para suas patas.

— Você teve outro sonho esquisito? — perguntou Ted com gentileza.

Nancy afirmou com a cabeça.

— Sim. Eu preciso que você o escreva antes que eu esqueça. Você é melhor com as palavras e coisas do tipo.

Ted enfiou a mão embaixo do travesseiro para pegar o lápis e o caderno. Nancy estava tendo muitos sonhos estranhos ultimamente. Frank disse a ela para anotá-los para ver se eles estavam tentando lhe dizer alguma coisa.

— Ok — disse Ted. — Do que você se lembra?

Nancy se encolheu na cama.

— Barulhos estranhos — respondeu ela. — Um som que parecia lamacento, molhado. E depois pássaros barulhentos.

Ted anotou tudo.

— Alguém assobiava uma melodia — continuou Nancy.

— Ah! Qual era a melodia? — perguntou Ted, as orelhas se erguendo à menção de música.

— Não me lembro. Aff, é tão irritante, está me deixando louca!

Ela começou a rosnar e bater na própria cabeça.

— Ei! Pare com isso, Nancy — pediu Ted. — Você está fazendo minha cabeça doer.

Nancy fez uma careta. Ela e Ted tinham crescido na Cidade Grande sem uma mãe e um pai. Eles não tinham ideia do que havia acontecido com eles. Era um mistério total. Nancy era muito corajosa e cuidava do seu irmãozinho. Mas ela não se sentia corajosa hoje.

— Vamos — disse Ted gentilmente. — Já é quase de dia. Vamos visitar Titus. Você precisa de um café. E eu quero um *donut*.

Curiosidade! Uma vez vivi dentro de um *donut* por cinco semanas. Um dos momentos mais felizes da minha vida. Eu te juro.

CAPÍTULO 2
Cozinhando

Ted e Nancy chegaram ao trailer do Titus quando o sol estava nascendo. Do lado de fora havia uma grande mesa de madeira com potes de geleia cheios de flores. Cadeiras e tocos de árvores que pareciam amigáveis

estavam espalhados pelo local, porque Titus AMAVA receber visitas.

Ted bateu na porta.

— Titus! — ele gritou. — Você está acordado?

Sem resposta.

— Eu vou acordar ele — anunciou Willow, a melhor amiga de Ted.

— De onde você surgiu? — resmungou Nancy.

— Ah, estou acordada faz um TEMPÃO! — sorriu Willow. — Já li cinco livros, já nadei, construí um guarda-roupa e aprendi a andar de *skate*. Agora estou aqui para ajudar Titus a fazer um bolo.

Nancy balançou a cabeça.

— Você é demais, coelhinha.

— Sou PERFEITA, na verdade — anunciou Willow e, com sua pata pequena, mas firme, abriu com uma pancada a porta do trailer de Titus.

Uma massa peluda com chifres imensos roncava debaixo de uma colcha florida. A massa era Titus, OBVIAMENTE. Ele estava falando enquanto dormia.

— ROOOOOONC... fiiiiiiiiiiu... ROOOOOONC...fiiiiiiiiiiu...Ah,sim,outra xícara, por favor, Vicar... ROOOOOONC... fiiiiiu... Uh, isso é chá preto? Que mistura fantástica. Ora, sim, é de fato um bule antigo...

Willow revirou os olhos.

— Ele está sonhando que ganha aquela competição de geleia de novo — disse ela. — É um dos seus sonhos favoritos.

Ela marchou até a geladeira de Titus, pegou duas fatias de queijo e pulou em sua cama.

— ACORDA, ACORDA! — berrou, pulando para cima e para baixo no pobre Titus e acertando sua cara com o queijo. — BORA LEVANTAR!

— Uuuaaaaaaaaaaaah! — gritou Titus e, de repente, sentou-se com as costas retas. Ele piscou, mexeu o focinho para frente e para trás algumas vezes e então notou Willow e as fatias de queijo.

— Ah, hum, café da manhã na cama! — comentou ele. — Obrigado, jovem Willow! Você é tão atenciosa.

Ele colocou gentilmente as fatias de queijo na boca.

Alguns minutos mais tarde, todos estavam sentados ao redor da mesa de Titus. Nancy serviu-se de uma xícara de café preto forte, enquanto Ted e Willow tomaram um pouco de suco energético Chifredoido.

Oiê! Caso você tenha esquecido, suco energético Chifredoido é um delicioso suco feito por Titus. Sabe-se lá o que ele coloca nele. **Melhor não perguntar, eu acho.**

Titus, que agora usava um chapéu de *chef* e um avental, arremessava alguns potes e colheres na mesa.

— Não acredito que perdi a hora! — disse ele. — Bem hoje! Tenho que fazer o melhor bolo de casamento de todos os tempos!

Há semanas, o bosque estava alvoroçado com os preparativos para o grande casamento de dois esquilos, Romeu e Julieta. Romeu era do bosque e Julieta era da Floresta Cintilante, um lugar adorável ao lado do bosque. Durante anos, os dois vizinhos estiveram separados pelo Pântano do Desespero. Mas a Floresta Cintilante e o bosque haviam se unido depois que uma raposa louca

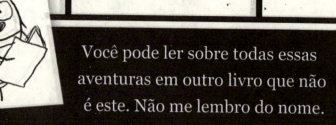

Você pode ler sobre todas essas aventuras em outro livro que não é este. Não me lembro do nome. Com certeza não é **A História de Eric Dinamite**, que acho que você concordará é o livro que todos estamos esperando.

por poder chamada Sebastian Cinza quis transformar o lugar em um grande parque de diversões ou algo do tipo.

Enfim, Ingrid, a pata, continuou grasnando sobre como não era uma boa ideia dois esquilos chamados Romeu e Julieta se casarem.

— Vocês são dois patetas — ela grasnou. — Todo mundo conhece a famosa peça de William Shakespeare chamada *Romeu e Julieta*, não?

Seu marido, sir Charles Fotheringay, balançou as penas.

— Querida, temo que essa gentalha não saiba nada de teatro — suspirou ele.

— Sim, eu vi o filme, na verdade — respondeu Willow solicitamente. — Foi muito bom. Tinha lutas e perseguições de carro e tudo mais.

Ingrid e sir Charles estremeceram.

— Os filmes de hoje não são mais os mesmos — disse Ingrid com arrogância. E ela sabia do que estava falando, porque Ingrid costumava ser uma famosa estrela de cinema,

Eu sei que isso parece muito para um pato. Mas quando foi a última vez que você se sentou e conversou — **conversou mesmo** — com um pato? Eles fazem muito mais do que você imagina, sabia?

assim como uma espiã do governo e a dona de uma rede mundial de hotéis.

— Enfim — continuou Ingrid. — Na peça, o final foi PÉSSIMO para Romeu e Julieta.

— Alôôô, ALERTA DE *SPOILER* — disse Willow, arrumando seu avental de *chef*. — De qualquer forma, não significa que as coisas darão errado para Romeu e Julieta, os esquilos, não é?

Nancy revirou os olhos.

— As coisas sempre ficam doidas por aqui — zombou ela. — Não vejo por que um casamento de esquilos seria diferente.

Titus, enquanto isso, estava contando ovos.

— São muitos ovos — comentou Nancy. — Tem algum motivo para

você estar tentando construir uma torre com eles?

— É só... por... diversão! — respondeu Titus, com o casco tremendo enquanto ele equilibrava lentamente um ovo em cima do outro.

— Consegui a farinha! — gritou Willow, despejando dois sacos enormes em cima da mesa e fazendo a torre de ovos de Titus desmoronar.

— Nãããããããããããão! — choramingou ele.

É nesse momento que devemos agradecer por Wiggy, o texugo, estar dormindo debaixo da mesa de Titus. Sua barriga peluda de texugo amparou a maioria dos ovos.

— Socorro! Socorro! Estou coberto de ovos! — gritou ele.

Nancy e Ted tiraram Wiggy debaixo da mesa. Alguns dos ovos quebraram sobre seu pelo - Ted pegou a gosma amarelada e a jogou na tigela.

— Tenho certeza de que está tudo bem — suspirou Titus, retirando pequenos tufos de pelo de texugo.

Então uma buzina soou e um estranho robô que piscava aproximou-se deles. O robô tocava uma música alta que fazia **DUM-DUM-DUM-DUM.**

— **UHUUUL! UHUUUL!** ABRAM CAMINHO PARA AS RODAS DE AÇO! — disse o robô. Só que não era um robô.

Era Soluço, a gralha festeira, usando óculos de sol e um capacete prateado. Ela estava sentada em um carrinho de mercado

decorado com luzinhas de Natal. Soluço sorridente dizia:

— **UHUUUL!** Vou ser DJ no casamento amanhã. Iêêêêêê!

E balançou a cabeça no ritmo da música **DUM-DUM-DUM-DUM.**

Willow começou a dançar loucamente, jogando punhados de farinha no ar e gritando enquanto nuvens de poeira branca se formavam.

— Huuuuum — disse Ted, derramando uma porção generosa de melaço dourado na boca, antes de salpicar o resto na mistura do bolo.

Então Willow jogou farinha nele.

— GUERRA DE COMIDA! — berrou ela, e os dois começaram a jogar ingredientes um no outro sem preocupação.

— Os ovos não! — pediu Titus. — Joguem qualquer coisa menos os ovos!

E ele, sem entusiasmo, arremessou um *marshmallow* em Willow.

— Vejo que você está cozinhando — disse Frank, a coruja, descendo de algum lugar. Ele sempre fazia isso.

— Sim, um bolo para o casamento dos esquilos — grunhiu Nancy.

— Ah, sim — disse Frank. — Acabei de passar pela Floresta Cintilante. Todo mundo está muito animado. Animados demais para o meu gosto.

Ele olhou para Nancy, que parecia mais nervosa do que o normal.

— Nos sirva um café, por favor? — pediu ele, bocejando e abrindo suas grandes asas.

— Você acredita que não podemos treinar troncocuruto por causa desse casamento estúpido? — Nancy reclamou, servindo a Frank uma xícara de café preto. O bosque disputaria um jogo de troncocuruto com a Floresta Cintilante em alguns dias, e o time precisava melhorar seus movimentos.

— Ah, é uma pena mesmo. Mas quem somos nós para atrapalhar o caminho do amor verdadeiro? — comentou Frank.

— Enfim, vai me contar o que está te inco-
modando de verdade? — perguntou Frank,
examinando suas garras. — Sempre sei
quando algo está pegando com você.

Nancy fez uma careta e roeu a unha. Ela
ainda estava se acostumando a fazer coisas
como "falar sobre seus sentimentos" em vez
de "comer asinhas de frango de uma lixeira".

— Sabe os sonhos que eu te contei? — perguntou ela.

Frank disse que sim.

— Eu tive outro ontem à noite. Um ruim.
Ted anotou as partes que consegui me lembrar. A gente queria saber se o seu amigo
podia ajudar.

— E qual amigo seria esse? — indagou
Frank.

— Você sabe, Dr. Pombo, da Floresta Cintilante — respondeu Nancy.

— Ah, Dr. Khan? — disse Frank. — Claro. Podemos ir vê-lo. Ele sempre está na biblioteca.

Nancy estremeceu.

— Não gosto de lá — resmungou ela.

— Eu sei que não — comentou Frank. — Mas isso é porque uma raposa louca pelo poder prendeu você em uma cela secreta. Isso não vai acontecer de novo.

E então o acertaram no bico com um pouco de fermento.

— Tá bem — disse Nancy. — Ted! Vamos para a biblioteca.

— Da hora! — exclamou Willow, tirando o avental e lambendo a mistura de bolo no pelo.

— Não lembro de ter te convidado, coelha. — Nancy fez uma careta, mas Willow a ignorou completamente.

De alguma forma, no meio da guerra de comida de Ted e Willow, Titus conseguiu colocar cinco bolos no forno. Ele agora estava encolhido no chão, chorando suavemente.

— Você está bem, Titus? — perguntou Ted. — Desculpe pela guerra de comida. Vamos limpar tudo.

— Ah, não é isso, meu rapaz — fungou Titus. — Essas são lágrimas de alegria! Eu sempre choro um pouquinho quando cozinho. Eu sou tão, mas tão bom nisso.

— Lelézinho da cuca — disse Nancy, revirando os olhos.

— Pois saiba que a receita é da Tia Anastácia! — defendeu-se Titus.

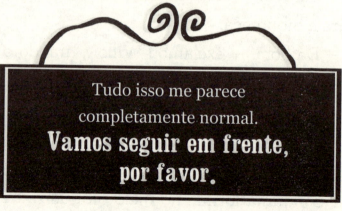

Tudo isso me parece completamente normal.
Vamos seguir em frente, por favor.

CAPÍTULO 3
Lendo

Ted, Nancy e Willow caminharam pelo bosque. Frank voava um pouco à frente deles, guiando o caminho. Willow cantava uma canção alegre.

> *inho-inho-ão!*
> *escute essa canção!*
> *inho-inho-ei!*
> *logo te dire...**AI**!*

Nancy havia jogado uma castanha na cabeça dela.

— Feche a matraca — pediu Nancy. — Você está me dando dor de ouvido.

Ted olhou para Willow e apertou a pata da amiga.

— Desculpa — sussurrou ele. — Acho que ela só está um pouco ansiosa. Com os sonhos e tudo mais.

Willow resmungou e esfregou seu adorável focinho.

— Bom, espero que o médico possa dar a ela algum remédio por ser uma velha arrogante e MAL-HUMORADA — disse ela.

O grupo chegou à margem do Pântano do Desespero.

Era lamacento, fedido e por muitos anos foi quase impossível atravessá-lo. Mas o gentil Prefeito da Floresta Cintilante, um esquilo chamado Crusty McTavish, havia pedido aos castores da Floresta Cintilante para construir uma ponte de madeira sobre ele. Agora todo mundo podia saltar alegremente sobre o pântano para lá e para cá, o que era realmente muito útil.

Ted cheirou o ar.

— Willow — começou ele —, você está comendo Cosmicomelo?

— Não! Por quê? Você achou por aí? — perguntou Willow, procurando ao redor por seu lanche favorito de cogumelo.

— Não, mas sinto o cheiro de algo horrível — disse Ted, apertando o focinho. — Achei que estava vindo do seu bumbum. Você sabe o que acontece quando come Cosmicomelo.

Willow ergueu o focinho para o céu e o mexeu algumas vezes.

— Não... isso não é produção minha — disse ela.

— Own — disse Ted. — Você fica tão fofa quando faz esse negócio com o focinho.

— AAAAAAAAAAAARRRGH! — gritou Willow.

Ela se jogou em Ted e o prendeu no chão.

— Se eu te falei uma vez, falei zilhões de vezes: NÃO ME CHAME DE FOFA.

— Huuuuummf! — disse Ted, o que significa "desculpa", mas ele tinha uma pequena coelha no rosto, então era difícil dizer.

— Também sinto um cheiro estranho — comentou Nancy, ignorando a briga peluda que acontecia do seu lado. — E não é o cheiro horrível que normalmente você sente perto do pântano. É como um... cheiro horrível extra.

Ela olhou ao redor e notou algo mais.

— Alô! — disse uma minhoca.

Não, não isso. Outra coisa a mais.

Uma pegada gigante.

— Eita... vocês dois... parem com a briga e venham ver isso — pediu Nancy.

Ted e Willow se levantaram.

— Uaaaaaaau — exclamou Willow. — Isso é GIGANTE!

Era um pé? Uma pata? Um casco? Era um cartão-postal de Paris à noite? Era difícil dizer.

— Tem outra! — gritou Ted. — E outra!

As pegadas seguiam para além do Pântano do Desespero, entrando em uma parte do bosque na qual os animais raramente se aventuravam. O cheiro estranho estava ficando mais forte também.

— Talvez seja um MONSTRO FEDORENTO! — vaiou Willow, seus olhos ficando cada vez maiores. — Talvez seja... o PÉ-GRANDE!

— Ai não! — disse Ted, sentindo-se um pouco tonto de repente.

Frank desceu para ver do que se tratava toda aquela confusão.

— Ah, provavelmente é apenas um texugo aleatório passando — comentou ele. — Vamos, vamos continuar andando.

Nancy puxou o irmão mais novo.

— Vamos — rosnou ela. — Você ouviu. Vamos para a biblioteca. Não vou ficar aqui e trombar com um texugo estranho e fedorento.

A Biblioteca Cintilante era um pequeno edifício feito de pedras desordenadas. Frank bateu o bico na porta de carvalho que parecia pesada.

Depois de algum tempo, a porta se abriu lentamente.

— Meeee... ajuuuuuude! — disse uma voz baixa. — A porta... é... tão... pesada...

Ted olhou para baixo e viu uma toupeira pequenininha tentando abrir a porta.

— Ah! Ah, me desculpe — disse Ted. Nancy passou por ele e abriu a porta com tudo, jogando a toupeirinha pelos ares.

Frank pegou a toupeira e a limpou um pouco.

— Desculpe-me, Arthur — disse ele.

Arthur balançou a cabeça, ajeitou o chapéu, empurrou os óculos para cima do focinho e murmurou para si mesmo.

Todos os seguiram enquanto ele descia alguns degraus e entrava na Biblioteca Cintilante. Era uma sala enorme com um teto alto, repleta de estantes de livros. Escadas de madeira estavam fixadas às paredes, para alcançar as prateleiras mais altas. Cadeiras e cobertores estavam espalhados pelo lugar, assim como um conjunto de mesas e várias luminárias.

— Uau — exclamou Ted. Ele amava tanto a biblioteca. Era seu tipo de lugar.

Frank voou pela enorme sala, por fim pousando em uma viga de madeira ao lado de seu amigo pombo, Dr. Khan, que estava absorto em um livro.

— Olá, camarada — piou Frank baixinho.

— Ah! Sr. Coruja — disse Dr. Khan, que tinha uma voz um pouco elegante, mas também amigável e extremamente séria. — Estava lendo sobre uma exploradora do século dezoito chamada Dama Margaret Wimples. Uma criatura absolutamente fascinante.

— Dr. Khan — disse Frank —, queria saber se você pode conversar com minha jovem amiga raposa aqui. Ela está tendo pesadelos.

DAMA MARGARET WIMPLES

— O quê? Quem? Como? — perguntou Dr. Khan, seus óculos caindo. — Ah! Oi, Nancy. Sim, claro. Deixe-me achar minha maleta.

Os pássaros voaram até Nancy, que andava de um lado para o outro em frente a uma lareira e roía levemente as unhas.

Há algum tempo, Dr. Khan ajudou Nancy quando ela foi sequestrada por um monstro chamado Sebastian Cinza. Foi um verdadeiro rebuliço.

— Tudo bem, Doutor — disse Nancy.

— Ela está tendo sonhos bem ruins, Doutor — disse Ted, que estava impaciente por respostas. — Não é, Nancy?

— Sim, basicamente — murmurou ela.

— E o que acontece nesses pesadelos? — perguntou Dr. Khan.

Ted empurrou o caderno para ele.

— Aqui está! — exclamou Ted. — Tenho anotado tudo o que ela se lembra aqui.

Dr. Khan olhou por cima dos óculos para o caderno.

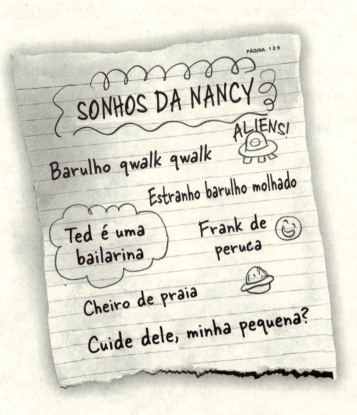

— Excelente trabalho — disse ele rapidamente, e Ted corou.

— Huuum — disse Dr. Khan depois de um tempo. — Tem algo em particular que está te preocupando no momento?

— Nem — respondeu Nancy. — Acho que não.

— Bom, parece que seu cérebro está tentando lhe dizer algo — disse Dr. Khan gentilmente. — Às vezes, afastamos memórias que são muito difíceis para nós. Mas quando estamos prontos, elas podem voltar.

— Ah! — exclamou Nancy.

— Alguma coisa pode ter acordado essa sua memória — explicou Dr. Khan. — Você consegue pensar em algo? Coisas do seu passado que você tem se lembrado?

Bom. Essa era uma grande questão para Nancy. Porque ela e Ted TINHAM um problema importante: o que havia acontecido com seus pais e eles ainda estavam vivos? Mas... Nancy não queria falar sobre isso. Pelo menos, não agora.

Então, ela negou com a cabeça.

— Não — disse ela. — Não, eu não tenho nada de estranho no meu passado.

Willow olhou para Ted e revirou os olhos.

— Nancy, e as pegadas na nossa toca? Conte a ele sobre elas! — pediu Ted.

— Pegadas? — perguntou Dr. Khan.

— Ah, não são nada — respondeu Nancy. — Encontrei algumas na parede da nossa toca. Não sei, me fez pensar nas raposas que moravam ali, só isso...

— Bom, esse é um mistério fácil de se resolver — disse uma voz que saiu do rosto de Crusty McTavish. — Podemos rastrear praticamente todos os animais que já viveram nestas florestas, sabe. Temos registros escritos! Tenho certeza de que podemos descobrir quem viveu na sua toca.

— Uau, isso é tão legal, não é, Nancy? — perguntou Ted.

Ela deu de ombros.

— Sim, acho que é — respondeu ela.

— Por que você tem se preocupado tanto com essas pegadas? — perguntou Dr. Khan com gentileza.

A voz de Nancy ficou mais baixa.

— Bom... isso vai parecer um pouco estúpido, mas... fiquei imaginando se, talvez, essas pegadas fossem... dos nossos pais.

Ela achou que Dr. Khan fosse rir, mas ele não riu. Ele estava anotando coisas em seu caderno de médico.

— E onde estão seus pais agora? — perguntou ele.

— Não sei — respondeu Nancy. Ted deu de ombros.

— Eles são originalmente do bosque? — perguntou Dr. Khan.

— Não sei — respondeu Nancy.

— Quantos anos vocês tinham quando eles foram embora? — indagou Dr. Khan.

— Não sei. Ted era um filhotinho e eu um pouco maior...

Dr. Khan baixou a caneta e tirou os óculos.

— Hum. Provavelmente não tinham idade para ficarem sozinhos. Eu me pergunto, Nancy, se agora que você está relaxada e feliz no bosque, aquilo que cobria partes complicadas de sua memória está sendo lentamente removido.

— Ah — disse Nancy.

— Não há nada com o que se preocupar — disse Dr. Khan. — São apenas sonhos. Eles não podem te machucar. Mas continue anotando o que acontece e talvez suas memórias comecem a voltar.

— Tudo bem — disse Nancy. — Ok.

— Você ficará bem, corajosa raposa — comentou ele, de repente parecendo o pombo médico mais gentil que já existiu. — Você

sempre pode vir conversar comigo se esti-
ver preocupada com algo.

— Valeu, Doutor — resmungou Nancy.

De repente, a conversa foi interrompida
por Willow gritando "Ops!" do outro lado
da biblioteca, seguido por um BUM gigante
quando uma estante caiu.

— Willow! — gritou Ted, correndo até a
amiga.

Uma patinha acenou por baixo de uma
enorme pilha de livros.

— Uma ajudinha por favor? — guinchou
Willow. Ted agarrou sua pata e a arrastou
para um lugar seguro. Willow estava coberta de poeira, mas seus olhos estavam arre-
galados e brilhando de empolgação.

— Olhe o que eu encontrei! Estava na pra-
teleira mais alta, mas consegui pegar.

Ela estava agarrada a um livro vermelho e grosso de capa dura. Parecia velho. A
capa estava desgastada e surrada, mas Ted
ainda conseguia ler as letras douradas sem

brilho que formavam o título.

— *O Guia do Professor Cuthbert de Monstros Fantásticos e Seres Macabros* — leu ele.

— Legal!

Willow ficou de pé e caminhou até uma mesa próxima. Ela colocou o livro na mesa com um baque.

— Ah, não se preocupem comigo — disse Arthur, a toupeira bibliotecária, que tinha corrido até a estante caída. — Vou só arrumar sozinho esses livros. — E arrumou.

— Uau — exclamou Willow, abrindo o livro. — Olhe essas imagens, Ted. Bizaaaaarro.

Ted prendeu o fôlego.

— Está cheio de monstros!

— Sim, e olhe, tem diagramas de pegadas e tudo mais. Pegadas, Ted!

Willow começou a pular para cima e para baixo.

— Poderemos descobrir mais sobre aquelas pegadas esquisitas lá fora — sussurrou Ted, seus bigodes tremendo um pouco.

Willow concordou.

— SIM! Vamos nos tornar CAÇADORES DE MONSTROS! — Comemorou ela.

— SSSSSSSSHIU — ordenou Arthur, o bibliotecário, cambaleando sob uma pilha de livros.

— Vamos nos tornar caçadores de monstros! — ela sussurrou extremamente alto.

— Que demais! — disse Ted.

— Eu só preciso roubar este livro — sussurrou Willow. — Rápido! Esconda debaixo da sua blusa de frio.

— Não estou usando blusa de frio — disse Ted. — Mas você não precisa *roubá-lo*, Willow. Estamos em uma biblioteca. Você pode pegar emprestado.

Willow olhou para Ted com desconfiança.

— O quê? É só... pegar? De GRAÇA? Não seja ridículo — zombou ela.

— SSSSSSSHIU! — fez Arthur, o bibliotecário, outra vez. — E seu amigo está correto. Você pode emprestar o livro e levá-lo para casa. Você só precisa de um cartão da biblioteca.

— Não posso acreditaaaaaar! — gritou Willow.

Alguns minutos depois, a turma estava do lado de fora da biblioteca. Willow estava exibindo seu cartão da biblioteca. Era seu primeiro cartão de qualquer tipo, e ela estava extremamente orgulhosa.

— Vou ler todos os livros daquele lugar — ela anunciou.

Nancy zombou dela.

— Claro, coelhinha. Gostaria de ver você tentar.

Os olhos de Willow se estreitaram.

— Todos. Os. Livros. Começando com este daqui!

Ela equilibrava com cuidado *O Guia do Professor Cuthbert de Monstros Fantásticos e Seres Macabros* na cabeça.

— Bom, pelo menos alguém conseguiu algo de útil naquele lugar — desabafou Nancy. Ela estava um pouco chateada.

— Ah, mana — disse Ted gentilmente. — Dr. Khan disse que não tem com o que se preocupar, né?

Nancy chutou um pouco a grama.

— Acho que sim — respondeu ela.

— Na verdade, acho tudo muito interessante — comentou Ted, parecendo muito adulto. — Talvez quanto mais você relaxar, mais claros seus sonhos serão. Você pode se lembrar de mais coisas. Como uma foto borrada que fica mais nítida quanto mais você olha para ela.

— Tá bem, tá bem, relaxe, Dr. Ted — resmungou Nancy, mirando em um grande cogumelo e chutando-o até ele se desfazer em pedacinhos.

— Esse era um Cosmicomelo de primeira, sua tonta! — berrou Willow.

Ted riu.

— Todo esse falatório me deixou com fome — disse Nancy.

— Eu voto para gente voltar para casa, comer tudo, e depois ficar sentado sem fazer nada — sugeriu Ted.

— Parece bom para mim — concordou Nancy.

E eles voltaram para a toca.

CAPÍTULO 4
Casamento

No dia seguinte seria o grande casamento dos esquilos, e todos estavam SURTANDO de empolgação. O bosque todo vibrava. Bom, quase todo. Alguns lugares, como o trailer de Titus, estavam silenciosos até demais.

Wiggy, o texugo, batia na porta.

— Titus! — gritou ele. — Acorde, acorde! Já estamos no meio da tarde e precisamos nos arrumar para o grande evento, meu querido.

Wiggy colocou a orelha na porta. Ouviu alguém bufando e arrastando os pés.

MODO RELAXADO

Titus finalmente abriu a porta, usando um roupão e pantufas fofas. Ele tinha bobes nos chifres e tirava fatias de pepino dos olhos.

— Ah, Wiggster — suspirou ele. — Me desculpe. Devo ter cochilado de novo. Eu sempre cochilo quando faço uma sessão de spa.

— Não se preocupe — riu Wiggy, ajeitando seu paletó e gravata-borboleta. — Todo mundo está TÃO empolgado! Uma noiva da Floresta Cintilante e um noivo do bosque!

Trinta segundos depois, Titus saiu do trailer com uma cartola equilibrada entre os chifres. Ele e Wiggy carregaram com cuidado o grande bolo de casamento até a traseira do jipe de Wiggy.

Houve um barulho estranho.

— HUMPFFFFFFFF!

— O que foi isso? — perguntou Titus, esticando o pescoço em volta do bolo.

— Eu não disse nada, camarada — respondeu Wiggy. — Cuidado agora... vamos abaixar... perfeito.

O barulho estranho aconteceu de novo.

— HUUUUUMPFFFF!

— Aí, você ouviu? — perguntou Titus.

Wiggy disse que sim.

— Que estranho — disse ele. Os amigos olharam para trás. Não havia ninguém ali. Wiggy espiou debaixo do jipe. Não havia ninguém ali. Titus levantou sua cartola. Não havia ninguém ali.

Wiggy deu de ombros e os amigos entraram no carro. O bolo de casamento estava atrás deles na parte plana.

— HHHHUUUUUMMPFP-FPFPFPF! — disse o bolo de casamento.

O que é estranho porque bolos de casamento não falam.

Havia uma clareira no meio do bosque, muitas vezes usada para as partidas de troncocuruto, ou apresentações dos Atores do Bosque, um grupo de teatro comandado por Ingrid. Hoje, estava sendo usada para um casamento. Bancos de tronco de madeira tinham sido organizados em fileiras, e alguns castores vestindo macacões construíam um pequeno palco.

Uma pata com uma prancheta corria por ali parecendo MUITO estressada. Seu nome era Tamara, e ela era assistente da Ingrid.

— Onde estão as velas nas jarras? — ela grasnou em um telefone. — Eu preciso das velas nas jarras! Eu preciso de flores! Onde está o bufê? Onde está o DJ do casamento? **AAAAAAAAAAA!**

Enquanto isso, Anoushka Franzina, uma bela lebre da Floresta Cintilante, estava afinando sua harpa. Em Cintilante — e agora no bosque — ela era bem conhecida por ser uma *popstar*, um ícone *fashion* e a autora do livro *Não se estresse! Seja bonita como eu*. Ela havia escrito uma música especialmente

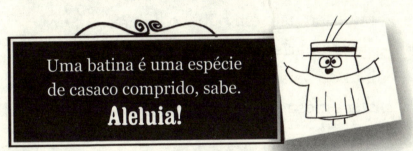

Uma batina é uma espécie de casaco comprido, sabe.
Aleluia!

para a ocasião. Um coral de camundongos vestidos com batinas brancas faziam aquecimento vocal.

— Ei, amigos peludos, vocês estão, tipo, tão adoráveis — disse Anoushka, sua voz tão delicada e bonita como uma flor silvestre. — Mas, por favor, tentem não estragar a música dessa vez, tá bem? Porque vocês são meio, tipo, ruins cantando. Hahahahaha, desculpa. Ah, eu amo vocês.

— Claro, Anoushka! — disse o coral.

Ingrid estava empoleirada sobre uma grande almofada de veludo. Ela usava seu maior turbante.

— Eu realmente espero não ofuscar a noiva — disse ela. — Isso seria *horrível*. Charles, querido! Diga-me - e você deve falar a verdade - estou simplesmente linda demais para ser vista em público hoje?

Sir Charles Fotheringay, que estava espalhando pétalas de rosa, parou para observar sua esposa.

— Minha querida — disse ele. — Você é uma rainha emplumada divina. A noiva vai morrer de inveja.

Ingrid concordou satisfeita e colocou mais maquiagem nos olhos.

De repente, o céu escureceu.

Um grito alto preencheu o ar.

— TROOOOONCOCURUUUUUUTOOOO! NOIVO CHEGANDO!

Romeu, que era, de fato, o noivo, troncocurutou até a clareira, seguido por mais uma dúzia de esquilos. Todos eles pousaram com um baque no pequeno palco.

— Essa foi sua última sessão de troncocuruto como um esquilo solteiro, Romeu! — gritou um dos esquilos, erguendo a pata no ar.

Romeu ergueu-se e ajeitou o fraque.

— Own — disse ele. — Mal posso esperar para estar casado. Julieta é a esquila para mim! Eu soube desde o momento em que a vi esconder todas aquelas nozes nas bochechas. Tô tão XONADO!

E ele fez uma dancinha de alegria.

— Aff — resmungou Nancy, e fingiu vomitar.

— Eu acho o amor verdadeiro simplesmente MARAVILHOSO! — suspirou Ted.

— Eu acho chato e entediante — disse Willow, e cuspiu uma framboesa em Romeu sem motivo algum.

Logo, todos os bancos estavam ocupados. Titus e Wiggy tinham chegado e colocado o grande bolo de casamento no centro de uma longa mesa, que rangia com as montanhas de comidas deliciosas.

— Huuuum, HORA DO BUFÊ mais tarde — disse Willow, babando só de ver todos os aperitivos.

Ted acenou para alguns de seus colegas da Floresta Cintilante, que estavam se sentando. Ele viu Dr. Khan, Crusty McTavish, Mo e

Reena, que, assim como Nancy, era uma estrela de troncocuruto.

— Ah, tudo parece tão chique — disse Ted, sorrindo enquanto olhava ao redor. E ele estava certo. A clareira parecia muito linda, de fato, cheia de velas, flores e laços. O lugar perfeito para um casamento pacífico e romântico.

Ingrid ocupou seu lugar no pequeno palco na frente de Romeu. Ela acenou para Anoushka começar a tocar sua harpa.

Julieta, a noiva esquila, posicionou-se debaixo de um arco de ramos e rosas. Ela caminhou até o altar com calma, usando um longo vestido branco. Sua cauda cintilava.

— Oh! — exclamou Ted.

— Ela está tão linda! — fungou Willow, e então assoou o focinho no cachecol de Ted.

O sol estava se pondo, e as velas tremeluziam em suas jarras como pequenos vagalumes.

Anoushka começou a cantar:

Quando dois esquilos encontram o amor
O coração faz tum-tum feito tambor
É tão nítido que eles se amam
Que suas almas juntas dançam
Por causa da PAIXÃÃÃÃO!

O coral então se junta:

Amor de esquiiiiilos, sim!
É amor de esquilo, baby
Se isso é errado,
Não quero estar certo
Eu amo você todo dia
Que o amor seja eteeeeeerno
Amor de esquiiiiilos, sim
É amor de esquilo, baby...

Romeu e Julieta seguraram as patas e olharam apaixonados um para o outro.

— Eu te amo tanto, meu chameguinho — disse Romeu.

— Eu também te amo, meu docinho — disse Julieta.

Nancy fez sua cara de "vou vomitar" outra vez.

Ingrid agitou suas penas e ficou de pé em sua imponente almofada de veludo.

— QUACK! Olhem para mim, todos vocês.

Todos olharam para Ingrid.

— Para aqueles que não me conhecem, sou Ingrid. Sim, eu sei o que vocês estão pensando. Vocês estão pensando "Tenho certeza de que já vi esse lindo rosto antes..."

Nancy grunhiu.

— Ora, sim, eu sou a pata estrela de cinema de que todos já ouviram falar. Nada de autógrafos ou fotos, por favor. Meu marido distribuirá fotos minhas autografadas mais

tarde. Mas por enquanto, deixe-me contar sobre o início da minha carreira, quando eu era apenas uma patinha com grandes sonhos...

Frank revirou os olhos.

— Ingrid — sibilou ele. — Você está aqui para celebrar o casamento. Não para nos contar sua história de vida.

— QUAAAACK! Eu sei disso!

Ingrid ajustou seu turbante com *strass* e começou outra vez.

— Estamos reunidos aqui hoje para unir dois esquilos... e duas comunidades. Como sabemos, o Bosque Grimwood e a Floresta Cintilante são lugares diferentes em muitos aspectos. Criaturas da Floresta, vocês são espertos, bonitos e tem um cheiro fantástico. Criaturas do bosque, nós somos... ahn...

— Superengraçados e brilhantes! — gritou Willow.

— Empolgados! — comentou Titus.

— Esquisitões — grunhiu Nancy.

— Sim, sim, tudo isso — disse Ingrid. — ENFIM. Também somos vizinhos. E todo mundo precisa de bons vizinhos, certo?

Julieta, a esquila, tossiu educadamente.

— QUAAACK! O que há de errado com você? Eu estava no meio do meu discurso! — protestou Ingrid.

— Me desculpe, Ingrid — murmurou Julieta. — Mas quando você vai começar a parte em que nós nos casamos?

— Ah, sim — disse Ingrid, folheando alguns papéis. — Ok, vejamos... amor eterno, blá, blá, blá, união de dois esquilos, blá, blá, blá... Ok, aqui está a parte boa.

Ingrid se virou para o público.

— Se alguém aqui tiver alguma razão que impeça esse casamento, fale agora! — gritou ela. — Ou feche a matraca para sempre.

O público ficou em silêncio.

PUM!

Bom, quase em silêncio.

— Me desculpe — disse Titus. — Deixei escapar.

Ingrid suspirou e voltou-se para os esquilos.

— Você, Julieta Felicidade Divina, aceita Romeu Couve-de-Bruxelas, como seu legítimo marido?

— Aceito!!! — gritou Julieta.

— E você, Romeu Couve-de-Bruxelas, aceita Julieta Felicidade Divina, como sua legítima esposa?

— Sim, sim! — comemorou Romeu.

— Ótimo — disse Ingrid. — Então está feito.

Os convidados comemoravam.

O coral começou a cantar.

Romeu e Julieta se olharam profundamente.

— Foi o dia PERFEITO — disse Romeu.

— Sim, foi. Viva, viva, viiiiiiva! — comemorou Julieta.

E eles se beijaram.

E então uma águia enorme passou voando e os engoliu.

CAPÍTULO 5
Festejando

Nada restou dos pobres Romeu e Julieta além de uma cartola e de um pequeno buquê de flores, que foi rapidamente roubado por Keeley, a dama de honra principal de Julieta.

Titus cambaleou até a frente da multidão.

— Ahn... hum... olá, pessoal. Que terrível... ahn... acidente. Para aqueles que não sabem, essa é a Pâmela. Ela é realmente uma figura, como vocês podem ver hahaha! Mas gostamos muito dela.

Os convidados ficaram em silêncio.

— Bom! — disse Titus, mexendo em sua cartola. — Fui convidado pelos noivos – nossos queridos e falecidos noivos – a fazer um breve discurso. Romeu me contou algumas histórias engraçadas sobre as brincadeiras que ele fazia durante as excursões de troncocuruto! Sim, Lance, estou falando com você haha!

Ninguém riu. Titus mordiscou o casco. Ele não tinha certeza do que falar. Ele olhou para Wiggy, que fez um joinha para ele e fingiu comer alguma coisa. Willow ficou de pé no banco e fez uma dancinha. Frank levantou as sobrancelhas e deu de ombros.

— Bom, dadas as trágicas circunstâncias — continuou Titus — e como uma homenagem a esse amado, hum, falecido, casal... vamos comer e dançar do mesmo jeito?

Os convidados comemoraram.

— Ufa! — exclamou Titus. Ele saiu correndo do palco, enterrou o focinho nos braços de Wiggy e chorou um pouco.

— Muito bem, Titus — disse Frank. — Isso não deve ter sido fácil.

Crusty McTavish caminhou até eles.

— Eu gostaria que você tivesse me alertado sobre essa águia, Titus — comentou ele.

— Eu sinto MUITO, Crusty — choramingou Titus. — Nós normalmente colocamos uma focinheira em Pâmela quando fazemos grandes eventos, mas receio que dessa vez esquecemos.

Crusty olhou para os convidados.

— Acho que você está certo — suspirou ele. — Não tem por que desperdiçar essa comida, não é? Podemos transformar isso em uma celebração de suas vidas de esquilo. Um brinde a Romeu e Julieta! Quem poderia imaginar que o amor deles estaria tão condenado?

— Seus tolos! — berrou Ingrid. — Na peça de Romeu e Julieta, ambos morrem no final. E eu DISSE isso para vocês. Mas vocês ouviram a Ingrid? Não, vocês não ouviram. — Ela fechou o espelhinho com força e saiu andando furiosa.

Um par de pés de pato podia ser visto debaixo de um arbusto.

Ted gentilmente os puxou e de lá saiu Tamara, que parecia ter tido um pequeno colapso nervoso.

— O pássaro! — ela gaguejou. — Surgiu do nada.

Ted lhe deu tapinhas na cabeça.

— Você não podia ter feito nada, Tamara — disse ele. — Não se sinta mal. Você sabe onde o DJ está? Podíamos ter um pouco de música.

Os olhos de Tamara se arregalaram.

— O DJ! — sussurrou ela. — O DJ está sumido há horas!

Ted coçou o focinho e pensou um pouco.

— O DJ é Soluço, a gralha festeira?

Tamara confirmou e rastejou de volta para debaixo do arbusto.

Os esquilos restantes estavam relaxados, apesar de tudo.

— Você não está preocupado, então? — perguntou Willow. — Com seus amigos sendo comidos?

— É um risco que corremos todos os dias. — Ginger Fiasco deu de ombros, devorando uma tigela de queijos. — Se você anda com esquilos isso pode acontecer. Além disso, Pâmela já jantou por enquanto.

Willow e Ginger trocaram um soquinho.

— Respeitei — disse ela.

O grande bolo de casamento estava no meio da mesa.

— Uau! — disse Ted. — Cinco bolos empilhados. É genial, Titus!

Titus riu timidamente.

— Sim, até que deu certo, eu acho. Uma pena que a noiva não experimentou.

Houve um barulho peculiar.

— HUMPPFPFPFPFPFPF!

— O que foi isso? — perguntou Nancy.

— Talvez seja... O MONSTRO FEDORENTO — gritou Willow, e fez um movimento de caratê.

— Quando podemos cortar o bolo, Titus? — perguntou Ted.

— Eu queria tirar uma foto dele antes — disse Titus. — Wiggy, pegue a câmera.

O bolo se moveu.

— Aaaaah! — assustou-se Ted, pulando no colo da Willow. — O bolo de casamento! Está assombrado!

O bolo começou a tremer e sacudir. Rachaduras apareceram na cobertura.

— Nããão! — gritou Titus. — O que está acontecendo?

De repente, o bolo EXPLODIU.

Cobertura, creme, geleia e massa de bolo voaram para todos os lugares.

— UHUUUUL! **UHUUUL!**

Era Soluço, a gralha festeira.

— **UHUUUL!** EU ESTAVA PRESA NO BOLO HÁ HORAS! — piou ela. — NÃO POSSO MENTIR, ESTAVA BEM QUENTE ALI DENTRO! **UHUUUL**, VAMOS FESTEJAR!!!

Enquanto Titus chorava em silêncio sobre os restos de sua criação, Soluço abriu caminho comendo o bolo e rebolou até sua discoteca móvel, que estava estacionada bem perto dali. Ela colocou seus fones de ouvido e aumentou o volume.

— UUUH! UUUH! DJ SOLUÇO NA ÁÁÁÁÁÁÁREA!

— Finalmente, um pouco de dança! — Animou-se Willow, ela e seus 436 irmãos e irmãs correram para a pista de dança (que era apenas um pedaço de grama com algumas pinhas espalhadas ao redor. Não é uma pista de dança, sabe.)

— Ingrid, minha querrrrida — disse sir Charles Fotheringay. — Nunca tivemos uma

Aaaah, eu costumava frequentar essa boate chamada **Rastejo** quando eu era jovem. Todos os outros insetos maneiros estavam lá. **Era muito escuro.** Com um chão pegajoso. Pensando bem, estávamos debaixo de uma geladeira.

primeira dança no nosso casamento. Você me faria o pato mais orgulhoso da Terra e dançaria comigo agora?

— Aff — disse Ingrid, revirando os olhos. — Está bem.

Ela permitiu que sir Charles a conduzisse para a pista de dança. Em seguida, eles fizeram uma rotina de dança energética juntos. Em certo momento, sir Charles girou de costas e lançou Ingrid no ar usando suas asas de nadador. Todo mundo parou e ficou ao redor deles em um círculo, animando e aplaudindo até terminar.

— Isso foi espetacular! — gritou Wiggy.

— Sim, eles praticaram por meses — comentou Nancy.

E então ela cheirou o ar, porque... havia aquele cheiro estranho outra vez. Aquele que ela tinha sentido perto do Pântano do Desespero. Aquele perto das pegadas.

— Você está sentindo esse cheiro, Wiggy? — perguntou ela.

Wiggy ergueu o grande focinho de texugo no ar e cheirou.

— Nada incomum. O que estou cheirando? — perguntou ele.

Nancy se virou e olhou para a mesa do bufê.

— Eita nossa! — gritou ela.

A mesa estava de ponta-cabeça. Pratos, guardanapos e comida estavam espalhados por todo lugar. A toalha de mesa tinha sido rasgada em pedacinhos. Alguém - ou algo - havia destruído o lugar.

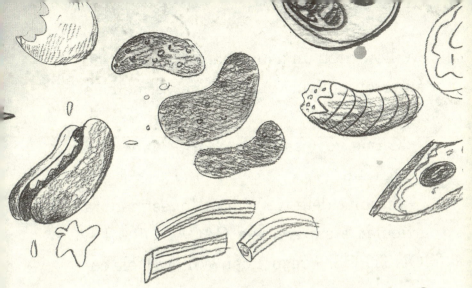

— Ah, não! — choramingou Wiggy. — Os sanduíches! Os molhos! Os queijos!

— Esperou até que nenhum de nós estivesse olhando — rosnou Nancy. — Estava nos observando o tempo todo.

Agora, todos tinham notado o caos.

— Primeiro meu glorioso bolo e agora isso! — chorou Titus. — Ah, eu perco a esperança, realmente perco.

— Eu sinto muito em dizer isso. Mas as festas do bosque são, tipo, muito deprimentes! — falou Anoushka Franzina. E pegou sua harpa e foi embora. Alguns dos convidados da Floresta Cintilante a seguiram.

Willow tirou uma lupa da mochila de Ted e amarrou uma luz que piscava vermelha e azul na cabeça.

— O que você está fazendo? — Nancy fez uma careta.

— Eu sou a detetive Willow, investigadora particular e super-mega CAÇADORA DE MONSTROS! — respondeu Willow. E ela começou a examinar a área ao redor da mesa, dizendo coisas como "Hum, interessante!" e "Aha! Bem que eu pensei".

Ela ergueu a cabeça.

— Onde está meu assistente? Ted! É você.

Ted saltou de trás de um tronco, onde estava devorando algumas salsichas empanadas descartadas.

— Segure esta lanterna — instruiu Willow.

Ted obedeceu. Willow ergueu um pedaço da toalha de mesa que estava coberta com uma mancha preta.

— Uau! — exclamou Ted. — É outra pegada! Igual as outras que vimos no pântano!

Willow concordou, sentindo-se muito orgulhosa de si mesma.

— Vamos levar para a toca e procurar no livro — disse ela. — Assim saberemos EXATAMENTE com que tipo de monstro estamos lidando.

— M... m... monstro? — gaguejou Wiggy. — Quem disse monstro?

— Não tem monstro, Wiggy — disse Nancy. — Esses pirralhos estão apenas sendo idiotas. De novo.

Mas não havia como negar. A pegada parecia grande. Realmente grande. E seja lá o que tenha destruído o bufê devia estar muito faminto mesmo...

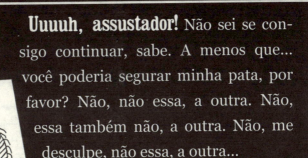

Uuuuh, assustador! Não sei se consigo continuar, sabe. A menos que... você poderia segurar minha pata, por favor? Não, não essa, a outra. Não, essa também não, a outra. Não, me desculpe, não essa, a outra...

CAPÍTULO 6
Gritando

— Subam no jipe — ordenou Wiggy. — Se tem algo peculiar acontecendo, não quero que vocês se envolvam nisso.

Titus, Nancy, Ted e Willow subiram no velho jipe de Wiggy e logo estavam ressoando e saltando pelo bosque. Willow examinava as árvores com seus binóculos.

— E se realmente for um monstro, Nancy? — sussurrou Ted, olhando para a irmã.

Nancy não tinha certeza do que dizer.

— Provavelmente é — disse Willow. — Então vamos capturá-lo, entregá-lo para a Polícia dos Monstros e eles nos pagarão uma fortuna! *E* aposto que vamos aparecer na TV.

— Ah, que emocionante — disse Ted, embora não *soasse* tão animado.

Willow baixou os binóculos e olhou para ele.

— Você não quer ser um caçador de monstros? — ladrou ela.

— Ahn... sim? — Ted deu de ombros. — Eu só não quero ser comido, é isso.

Titus estava sentado ao lado de Wiggy na frente, gritando de medo sempre que via um galho ou uma mosca.

— Por favor, pare de gritar, meu camarada — pediu Wiggy. — Está me tirando a vontade de dirigir!

Titus segurou a maçaneta.

— Me desculpe — disse ele. — É que os faróis estão fazendo tudo parecer tão assustador! Minha imaginação vai longe. AAAAAAAH!

Frank planava acima deles e os faróis do jipe tinham refletido em seus olhos redondos.

— Sou eu, chefe — gritou Frank. — Estou vigiando. A costa está limpa até agora. Sem monstros, apenas vários coelhos voltando para a Vila dos Coelhos.

Willow revirou os olhos.

— Minha mãe vai me matar se notar que não estou lá — disse ela. — Frank! Você pode ir até a Vila e dizer para o meu irmão Orlando pegar a boneca Willow falsa, por favor? Ele vai saber o que é.

— Qual deles é o Orlando? — perguntou Frank.

— O cinza — respondeu Willow, inutilmente, e Frank voou em direção à Vila dos Coelhos.

Willow voltou sua atenção para a estrada à frente.

— Acelera aí, Wiggy — berrou ela. — Precisamos chegar à toca logo para que eu possa olhar o nosso livro de caçar monstros!

Wiggy pressionou a pata no acelerador. Ele não queria ficar de bobeira enquanto uma besta misteriosa estava à solta.

Bem nesse momento, uma abelha que passava, chamada Felipe, apareceu no para-brisa.

— Alô! — zumbiu ele. — Que vocês tão fazendo?

— AAAAH! — gritou Wiggy, e acidentalmente conduziu o jipe para uma pequena vala.

— Desculpe! Eu só estava dizendo *oooooi!* — chilreou Felipe, e voou para longe. Ele era chato assim.

As rodas do jipe ainda giravam, mas ele tinha parado por completo. Wiggy desligou o motor.

— Ah, pessoal... todo mundo está bem?

Houve alguns grunhidos e choros.

As rodas traseiras do jipe estavam no ar, e as da frente enfiadas com firmeza em uma parede de terra. Willow, Nancy e Ted

saltaram do carro e ajudaram Titus e Wiggy a saírem também.

— Quem tem uma lanterna? — perguntou Nancy.

Ted tirou uma da mochila e a balançou.

— A pilha está fraca, mas vai ter que servir — choramingou ele. Estava tão escuro. As árvores pareciam maiores do que o normal, e os galhos pareciam pairar sobre eles como pernas de aranhas.

— Onde estamos, Wiggy? — perguntou Nancy. — Eu não reconheço o lugar.

— Estamos no Grande Além — disse Titus misteriosamente.

— O que é isso? — perguntou Ted, um pouco preocupado.

— Ah, só significa que estamos na parte de trás — disse Titus. — Passamos pelo Pântano do Desespero, pela Vila dos Coelhos, estamos muito longe do meu trailer e a Torre Mágica está bem para lá.

Nancy e Ted estavam no bosque há um tempo, mas o local ainda parecia um labirinto às vezes.

Eu sou membro da Associação dos Andarilhos. E fiz um curso de leitura de mapas, e nem eu dou conta desse lugar, galera.

Dessa vez, o cheiro atingiu o focinho de todos ao mesmo tempo, não apenas o de Nancy.

— Ah, que cheiro agradável — disse Wiggy, segurando sua gravata sobre o focinho. — Willow, você comeu Cosmicomelos de novo?

— NÃO! — gritou Willow. — Vocês podem parar de me acusar de soltar puns fedorentos, por favor?

— Nancy, é o mesmo cheiro — disse Ted com as orelhas abaixadas de preocupação. — Como quando estávamos indo para a biblioteca.

— Qual é — disse Nancy. — Vamos apenas encontrar um texugo fedido. Não tem monstro nenhum.

Eles andaram em direção ao cheiro, que era forte e nojento.

— Fiquem próximos — pediu Titus, que estava se esforçando ao máximo para ser corajoso, já que era centenas de anos mais velho.

Ted olhou para Titus e apertou seu casco.

— Não se preocupe, Titus — disse ele, dando um sorriso. — Não vamos te abandonar.

Eles escalaram alguns troncos de árvores caídos e rastejaram por entre arbustos espinhosos.

— Estou vendo algo — sussurrou Nancy. — Fiquem abaixados!

Havia uma sombra grande e escura à frente deles. Uma fumaça saía lentamente dela.

— É um dragão! — guinchou Willow. — Ted, ligue sua lanterna!

Ted apontou a lanterna para a sombra... e eles viram o que deveria ser uma centena de pneus de carro velhos e surrados, empilhados de uma forma desordenada. Parecia que tinha pegado fogo e as chamas haviam se extinguido recentemente.

— Ah, são apenas aqueles humanos de novo, jogando todo seu lixo aqui — reclamou Willow outra vez, que estava *muito* desapontada por não ser um dragão.

Nancy farejou.

— Borracha queimada — disse ela. — Eu costumava sentir muito esse cheiro na Cidade Grande. Por isso achei que era familiar.

— Bom, isso é um alívio — disse Titus. — Certo! Vamos para o meu trailer comer sonhos?

— Mas algo está a solta! — exclamou Willow. — Não foi um monte de pneus velhos que deixou pegadas gigantes e atacou o banquete de casamento, foi?

— Ah, suponho que não — disse Titus, um pouco irritado. — Eu só queria voltar para casa. Foi um dia e tanto!

Enquanto isso, Ted apontava a lanterna para a montanha de pneus. Ele observava atentamente a pilha de borracha. E então, por uma fração de segundos, a luz de sua lanterna refletiu algo brilhante.

Um par de olhos o encarava, cintilando de dentro dos pneus.

Ted ofegou. Ele ficou imóvel no lugar.

— O que foi, maninho? — perguntou Nancy.

— Parece que você viu um fantasma.

Então, a enorme pilha de pneus começou a ruir.

— CORRAM! — gritou Nancy.

Todos se espalharam enquanto os pneus enormes caíam no chão. Eles saltitavam, eram pesados e esmagavam tudo. Willow tropeçou e se esparramou no chão.

— Ah, que meleca! — ela guinchou.

Nancy virou-se e voltou correndo, tirando Willow do caminho de um enorme pneu que rolava na direção delas.

— Nancy! — gritou Ted.

Foi a última coisa que ela ouviu antes de tudo ficar preto.

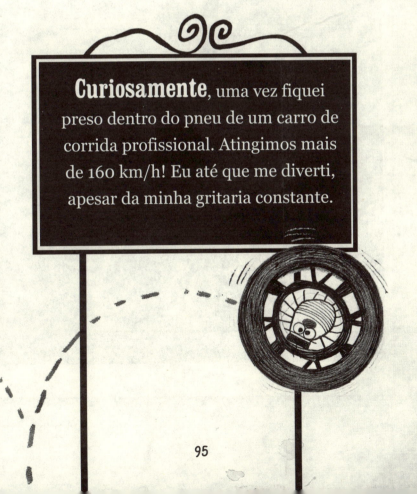

Curiosamente, uma vez fiquei preso dentro do pneu de um carro de corrida profissional. Atingimos mais de 160 km/h! Eu até que me diverti, apesar da minha gritaria constante.

CAPÍTULO 7
Encontro

Nancy abriu os olhos. Dois buracos escuros e peludos pairavam diante do seu rosto.

— Oi, Titus — murmurou ela.

Os buracos escuros e peludos eram, de fato, as narinas preocupadas de Titus.

— Ah, ufa — disse ele, apoiando um dos cascos na testa. — Você nos deu um belo susto, Nancy! Aquele pneu te acertou com força.

— Ai — disse Nancy, com dor na cabeça.

— Eu disse a eles que você ficaria bem — comentou Ted, que estava agachado ao lado dela, comendo umas uvas. — A Nancy sempre estava se metendo em encrencas e confusões na Cidade Grande, não é, mana?

— Como está a coelha? — resmungou ela.

— Bem — disse Ted. — Nós a levamos de volta para a Vila dos Coelhos. Você salvou a vida dela, Nancy!

Nancy se apoiou nos cotovelos e olhou pela janela do trailer, perdida em pensamentos. Era uma manhã clara e brilhante. Mas ela estava tentando entender o que acontecera na noite anterior.

— Algo empurrou aqueles pneus, Nancy — disse Ted. — Eu juro que vi alguém me olhando de dentro deles.

— Acho que precisamos avisar todo mundo que algo de estranho está vagando pelo bosque — comentou Nancy.

— Com certeza — disse Titus. — Frank foi até a Torre Mágica para avisar Pâmela que precisamos ter uma reunião de emergência hoje à tarde. Ela vai anunciar em seu programa de rádio.

— Ah, brilhante, logo ela... Duvido que irão ouvi-la — resmungou Nancy. Ela se serviu de uma xícara de café e tomou tudo de uma vez.

Pâmela apresentava um programa com participação de ouvintes na rádio do bosque. Na verdade, ela tinha o único programa da rádio porque, ahn, ela tinha inventado a rádio do bosque. Soluço, a gralha festeira, tinha permissão de participar às vezes.

Frank voou até o ninho e, com cuidado, encontrou um lugar seguro para se empoleirar.

— O quê? — perguntou Pâmela.

Frank balançou a cabeça devagar para ela.

— Pâmela — disse ele decepcionado. — Como você pôde fazer aquilo? Era o dia do casamento deles!

— Eu não consigo me controlar! Já tentei, mas não consigo — respondeu ela. — Você viu algum ET recentemente?

— O quê? Não! Ouça, preciso que você faça um anúncio em seu programa. Titus está convocando uma reunião de emergência. Esta tarde, no quintal do seu trailer.

Pâmela concordou.

— Tá bem — ela grasnou. — Posso encaixar depois da discussão sobre preguiças que são manicures.

— Ótimos, obrigado — Frank agradeceu, e esticou as asas para voar.

— Ah, e Pâmela, use uma focinheira, por favor, alguns dos amigos de Romeu estarão lá e tudo ainda é muito recente.

Pâmela fez uma continência.

> O negócio é o seguinte, todo mundo precisa se alimentar no reino animal, sabe? Não dá para fazer um escândalo por causa disso. Eu sou *chocolatariano*, se você quer saber. Chocolate ao leite, não branco. Eu não sou um animal.

Mais tarde naquele dia, Titus abriu a porta de seu trailer para uma multidão de habitantes do bosque. Ele ficou de pé sobre o toco de uma árvore enquanto Ted, Nancy e Wiggy acomodaram-se nos degraus do trailer. A cabeça de Nancy estava enfaixada, o que ela secretamente achava que a fazia parecer durona e forte. Titus pigarreou.

— O importante agora é NÃO entrar em pânico — disse Titus para a multidão reunida.

— Eu só queria dizer a vocês que parece que temos um visitante inesperado...

'BANZAAAAAAAAAAAAI!'

Titus foi interrompido por Willow que saltou dramaticamente sobre a mesa de Titus. Ela tinha uma faixa laranja amarrada na cabeça e pintura facial verde em suas adoráveis bochechas. Ela segurava uma raquete de tênis, o pedaço rasgado de toalha

de mesa e o livro dos monstros, que ela derrubou de forma dramática na mesa.

— Escutem, pessoal! — anunciou ela. — Há um MONSTRO à solta! E é enorme, tá bem!

— **AAAAAAAAHH!** — todos gritaram.

— Acalmem-se, todos vocês — pediu Titus.

— Muito bem, coelhinha — resmungou Nancy. — Isso realmente ajudou a situação.

Willow desenrolou a toalha de mesa.

A multidão se sobressaltou quando ela apontou para a pegada que havia ali.

— Ouçam — disse Willow, andando de um lado para o outro. — Este monstro destruiu o bufê do casamento! Este monstro está se escondendo no bosque! E ontem à noite... o monstro quase me matou!

A multidão gritou de surpresa.

— Mas Nancy salvou minha vida — continuou Willow. — O que é bem legal, eu acho.

A multidão choramingou.

— Alguém realmente o viu? — perguntou Monty, que era o irmão mais velho de Wiggy e um pouco estúpido. — Eu e os caras vamos pegar o jipe e dar um jeito nele!

Wiggy corou.

— Ahn, temos um probleminha com o jipe, mano — disse ele com vergonha. — Caí num buraco com ele.

Titus bateu duas cascas de coco para chamar a atenção de todos.

— NINGUÉM vai procurar por monstros! — disse ele. — Não até que a gente saiba com o que estamos lidando. Protejam seus pequeninos e por favor me avisem se vocês virem, ouvirem ou sentirem o cheiro de algo peculiar.

Willow mastigava um graveto e girava sua raquete de tênis.

— Isso mesmo — disse ela. — Deixe a caça ao monstro para nós profissionais.

— Profissional? — berrou uma voz da multidão. — Você é profissional em me dar dor de cabeça, só se for!

— Oi, mãe! — cumprimentou Willow, acenando. — Enfim, este livro me ensinou tudo sobre capturar feras. Então não tenho medo, nem um pouco. Quem está comigo?

A multidão ficou em silêncio.

Ted suspirou.

— Tá bom — disse ele. — Estou com você.

Nancy acertou as orelhas de Ted.

— Não, não está — disse ela. — Se você acha que vou deixar você correr por aí no bosque com aquela coelha biruta, pode tirar o cavalinho da chuva.

E então, Frank voou até Willow e a agarrou pela nuca.

— EI! — gritou ela, socando o ar. — Sai fora! Eu tenho monstros para caçar! AAAAH!

Ele a levou até o trailer de Titus e fechou a porta.

— Aff — resmungou Ingrid. — Por que todo mundo é tão DRAMÁTICO? Só precisamos deixar esse monstro ir embora. Foi isso o que eu fiz com meu último marido. Eu o ignorei e ele voltou chorando para Hollywood.

— Ingrid está certa — disse Titus. — Vamos ficar quietos e esperar que ele vá embora. A coisa mais importante é FICARMOS CALMOS.

De repente, o céu ficou escuro. Os esquilos e camundongos começaram a buscar abrigo.

— É Pâmela! — eles gritaram. — Salvem suas vidas!

Pâmela pousou em cima do trailer de Titus. Ela usava uma focinheira sobre o bico.

— SQUAAAWK! Fiquem calmos, galera! — disse ela.

— É fácil para você dizer — gritou Ginger Fiasco, escondendo-se embaixo de um cogumelo. — Você comeu nosso amigo no dia do casamento dele.

— Bom, não estou com fome agora — continuou ela. — De qualquer forma, eu tenho uma ideia sobre este MONSTRO.

— Provavelmente é grande demais para você comer, meu amigo — disse Frank, brincando com suas garras.

— Eu tenho câmeras de visão noturna — continuou Pâmela. — Vou colocá-las ao redor do bosque para que possamos ver essa tal fera.

— Aaaaah! — disse todo mundo, porque parecia uma ideia bastante sensata, o que não acontecia muitas vezes no bosque.

— Ótima ideia, Pâmela — disse Titus. — E pessoal, lembrem-se... sem perambular depois do pôr do sol. Não até termos mais informações sobre nosso... visitante.

CAPÍTULO 8
Rastejando

Willow estava muito rabugenta. Ela estava sentada na cama de Ted com uma coberta em cima da cabeça.

— Ah, vamos lá, Willow — disse Ted. — Anime-se. Ainda podemos ser caçadores de monstros! Só não temos... permissão para sair e caçar monstros.

— HUNF — disse Willow, arrancando a coberta. — Este lugar está cheio de gatos medrosos e covardes. Como você!

— Eu só não quero virar refeição de ninguém — estremeceu Ted. — É tão errado assim?

Ela tinha trazido o exemplar do Professor Cuthbert com ela. Era cheio de desenhos, fatos e conversas gerais sobre todo tipo de feras peculiares. Olha só:

O Lebrílope

O lebrílope parece uma lebre gigante com chifres de antílope na cabeça. Nunca se deve assustar um lebrílope quando ele está fazendo caça-palavras já que ficam muito irritados com isso.

O Dragãosicha

A única maneira de abordar um dragãosicha é contorcer sua barriga e equilibrar um sanduíche de ovos e agrião na cabeça. Eles têm narinas excepcionalmente delicadas. Nunca, eu repito, NUNCA fale holandês perto de um.

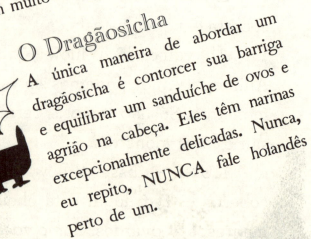

A Batata Falante

À primeira vista, a batata falante se parece com a batata familiar de sempre. O tipo de batata que você comeria frita ou com queijo. Mas se a batata começar a falar, você sabe que está lidando com uma batata falante, o que é bem diferente. Principalmente porque tem um rosto e pode gritar com você.

A Emily Davies

Emily Davies é um unicórnio que cheira a flores e come bolos de arco-íris. Ela é o monstro mais adorável de tooodos. Na verdade, vou pedir seu casco em casamento.

— Esse livro é incrível! — disse Ted.

— Eu vou ler cada página e me tornar uma ESPECIALISTA EM MONSTROS — anunciou Willow.

Uma meia fedorenta acertou seu rosto.

— Dá para ficarem quietos? — resmungou Nancy. — Estou tentando tirar uma soneca.

— Desculpe, Nancy — disse Ted suavemente.

Nancy se virou para a parede da toca. Fechou os olhos. E então ela ouviu a voz dos sonhos de novo.

Cuide dele, minha pequena corajosa.

Os olhos de Nancy se abriram. De quem era aquela voz e por que estava dentro de sua cabeça? Ela respirou fundo e fechou os olhos novamente.

Dessa vez, ela ouviu o chapinhar da água... e o grasnar de pássaros distantes. Gaivotas? Não tinha certeza. Ela abriu os olhos outra vez, e os barulhos pararam.

O que estava acontecendo com ela? Ela olhou para Ted e Willow, que liam em silêncio o livro do Professor Cuthbert debaixo do lençol com uma lanterna.

Ela mexeu no travesseiro e fechou os olhos *de novo*. Dessa vez, ela ouviu música. Uma flauta ou algo assim... tocando a mesma melodia, repetidas vezes. Como a música podia soar feliz e triste ao mesmo tempo? Quando ela abriu os olhos, ainda podia ouvi-la. Mas sabia que estava apenas em sua cabeça.

— Nancy — disse a voz suave de Ted. — Ele tinha se aproximado dela quando ela ainda estava com os olhos fechados. — O que foi? Os sonhos outra vez?

Nancy confirmou.

— Agora não preciso nem mesmo estar dormindo. É como uma música tocando de novo e de novo, e quanto mais eu ouço, mais real parece. É estranho.

Ted agitou o caderno e o lápis para ela.

— Me conte, rápido — pediu ele.

— O principal agora é essa melodia que estou ouvindo — disse Nancy.

— Você pode cantarolar! — disse Ted.

Nancy não era muito musical. Mas ela respirou fundo e tentou cantarolar.

— MUAHAHAHAHA! — Riu Willow. — Você está *cantando?*

— Não! — respondeu Nancy rispidamente, sentindo-se boba.

Nancy deitou-se e colocou o travesseiro sobre a cabeça.

— Esqueça — grunhiu ela. — Não quero mais falar sobre isso.

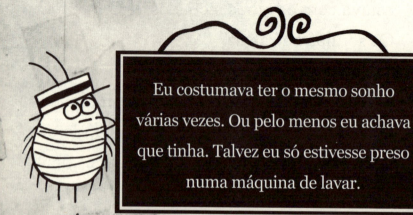

Eu costumava ter o mesmo sonho várias vezes. Ou pelo menos eu achava que tinha. Talvez eu só estivesse preso numa máquina de lavar.

Era de madrugada.

O bosque estava silencioso.

— O monstro vai nos machucar, mamãe? — perguntou a pequena Flor, a coelha.

— Não se ficarmos aqui, meu anjo — respondeu a mãe de Flor.

Ao contrário de Flor, ou da mãe de Flor, Pâmela não estava preocupada. Ela usava seus óculos de visão noturna e tagarelava em um celular quebrado.

— AGENTE PÂMELA APRESENTANDO-SE AO SERVIÇO! — ela grasnou. — Tenho observado minhas câmeras escondidas há seis horas — sibilou ela. — Até agora, não vi monstro nenhum.

Ela examinou o chão, procurando por movimentos.

— Não vejo minhocas se mexendo... nem passarinhos... nem minúsculas formigas usando minúsculos sapatos — disse ela com tristeza.

Pâmela suspirou. Mas, de repente, ela notou uma sombra se movendo em uma de suas telas.

— Avistamos algo! — ela gritou. — Câmera cinco!

A câmera estava sendo sacudida por algo, tudo bem. Pâmela mexeu em alguns botões e alavancas para fazer a imagem ficar mais nítida. Ela estava prestes a ver o MONSTRO de verdade?

Uma sombra preta cambaleava pela vegetação rasteira. Parecia ter uma cabeça pontuda. Um bico pontudo. E segurava um apito.

— **UHUUUUUL!** COMO VOCÊS ESTÃO? ESTOU NA TV? AEEE, AEEEEE!

— Alarme falso — suspirou Pâmela. — É apenas minha colega, Soluço.

Ela retirou os óculos de visão noturna. O sol estava nascendo. Logo, Pâmela teria que relatar seus resultados decepcionantes para Titus. Mas antes, ela comeria um sanduíche de rato no café da manhã e uma bela xícara de chá de minhoca.

CAPÍTULO 9
Capturando

No dia seguinte, Ingrid e sir Charles Fotheringay estavam dando uma volta no Laguinho.

— Não sei por mais quanto tempo aguentarei viver como um PRISIONEIRO! — lamentou sir Charles.

Ingrid o acertou no bico.

— Do que você está falando? — ela grasnou. — Dormimos pelo menos quinze hora por dia. Nenhum monstro vai atrapalhar minha rotina. Não me importo se ele é feroz ou enorme.

Sir Charles concordou.

— Você está certa, querida. Sinto muito. Todo esse drama é tão insuportável!

— Você ama o drama tanto quanto eu — disse Ingrid, estreitando os olhos.

O resto dos patos no Laguinho tinham se reunido próximo a um aglomerado de juncos em particular. Eles grasnavam e apontavam.

— Falando em drama — disse Ingrid — Por que estão fazendo essa baderna?

Ela e Charles deslizaram até lá.

— Veja! — grasnou um pato chamado Kenzo. — Pegadas de monstros! Ele deve ter vindo ao Laguinho no meio da noite!

Sir Charles desmaiou.

— Pelo visto vou ter que contar para Titus — suspirou Ingrid. — Este é exatamente o tipo de "uhul" que os deixa empolgados.

E ela nadou até o trailer de Titus, arrastando sir Charles com ela.

Titus estivera tão distraído com toda a confusão do monstro que estava atrasado com a escrita de seu livro *Memórias de um Cervo*. Ele se sentou com um bule de chá e um prato de bombas de chocolate. Ele engoliu uma das bombas sem mastigar, e encarou a página em branco sobre a mesa. Estava escrevendo o seu livro há mais de um ano. Até agora, tinha escrito cinco páginas.

— Escrever é tão difíííííícil — choramingou ele, mastigando a ponta do lápis e segurando a cabeça com os cascos. Então, de repente, a inspiração chegou com tudo. Ele começou a escrever.

*Eu sempre gostei das massas de confeitaria. Qualquer uma serve, mas minha favorita é a choux.**

* Uma massa composta por água, farinha, ovos e manteiga.

— Ufa! — disse Titus, recostando-se na cadeira.

Ele decidiu que uma soneca comemorativa parecia apropriada. Mas antes que ele pudesse cochilar, foi incomodado por um grasnar agressivo.

— Acorde, seu fracote! Você é o prefeito do bosque, não é?

— Ah, olá, Ingrid — disse Titus. — Olá, sir Charles. Eu estava escrevendo meu livro.

— Estou vendo — comentou Ingrid, parecendo indiferente. — Enfim, estou aqui para lhe dizer que há MUITAS pegadas gigantes de monstro perto do meu lago. Claramente a fera estava tentando comer a mim e aos meus irmãos patos ontem à noite. Estou aborrecida.

Titus levantou-se de uma vez.

— Não! Ah, Ingrid, estou tão feliz que você está bem. Ah, essa fera irritante!

Frank, que estava empoleirado em silêncio no buraco de um carvalho, deu um pio educado.

— Talvez seja hora de perguntar à Pâmela se ela viu algo nas câmeras, chefe? — perguntou ele.

— Sim, ótima ideia, Frank — respondeu Titus. — Pelo menos saberemos o que estamos enfrentando.

Frank desceu dali e serviu uma xícara de café.

— Não consigo enfrentar a águia sem cafeína antes — disse ele, bicando uma bomba de chocolate.

E como que por mágica, Pâmela, a águia, desceu da Torre Mágica.

— E AAAAAAAAAAÍÍÍÍÍÍÍÍÍ! — cumprimentou ela, antes de mergulhar de cara no prato de bombas de chocolate. Ela comeu tudo (inclusive o prato).

— Você viu algo ontem à noite, Pâmela? — perguntou Titus.

Pâmela deu um tremendo arroto. E assim cuspiu o prato.

— Muito crocante — disse ela. — Não, não vi nenhuma fera vagando por aí. Eu só vi Soluço fazendo *breakdance* à meia-noite. Não sei por que ela faz isso.

Então, Willow e Ted apareceram, sem fôlego de tanto correr.

— Ouvimos que tinha bombas de chocolate! — disse ela ofegando.

— Já acabaram, sinto muito, jovem Willow — disse Titus. — Mas espere aqui!

Ele voltou para o trailer e começou a fazer muito barulho.

— Vimos mais pegadas — grasnou Ingrid — Talvez elas estejam no seu livro?

Você **dobra** as páginas ou usa um marcador? Eu mesmo prefiro o marcador. Eu marco com a antena.

O PÉ-GRANDE

As pegadas de um Pé-Grande são de aproximadamente 1m

Willow confirmou de forma animada.

— Eu e o Ted lemos o livro todo, e achamos que sabemos qual monstro é! — disse ela.

Ela colocou o livro sobre a mesa e abriu na página com a ponta dobrada.

— Sim — gritou Ingrid. — As pegadas se parecem com isso. Então tem um Pé-Grande no bosque. Com certeza vamos todos morrer. Pâmela, conte a todos.

Pâmela voou de volta para a Torre Mágica.

— Ah, Ingrid! Por que você fez isso? — perguntou Ted. — Vai assustar todo mundo!

O rádio ganhou vida.

— ATENÇÃO! ATENÇÃO!

Era Pâmela.

— Isso foi rápido — comentou Willow.

— O MONSTRO FOI IDENTIFICADO. UM PÉ-GRANDE ESTÁ ATACANDO O BOSQUE. VAMOS TODOS MORRER. FIQUEM AGORA COM UM CLÁSSICO MUSICAL. ADEEEUS!

Titus saiu do trailer com uma bandeja de *cookies* de chocolate fresquinhos.

— Aqui está, pessoal, mais petiscos!

Ele ergueu os olhos. A maioria dos habitantes do bosque estava em frente à sua casa.

— Ah, nossa, tantos de vocês — ele murmurou. — Sem problemas, vou fazer mais.

— Com licença, Titus! — disse Mervin, a ratazana. — Nós vamos realmente morrer?

— Sim — gritou Sandra, uma rã. — Eu estava prestes a comprar uma lancha. Mas se vou morrer, nem vou gastar dinheiro.

Nancy revirou os olhos e levantou-se para falar.

— Ninguém vai morrer, tá bem? — disse irritada. — Relaxem. Só temos um visitante indesejado. Vamos descobrir como nos livrar dele. Alguém tem alguma ideia?

O rádio estalou de novo e o grito de Pâmela saiu pelo alto-falante.

— VOU FAZER UMA CERCA ELÉTRICA ENORME E ENTÃO VOU MORDER O CABO ELÉTRICO E FAZER ZAAAAP! ZAAAP! **ZZZZAP!!!!** E TODAS AS MINHAS PENAS CAIRÃO! E então o Pé-Grande será destruído.

— Alguém além da Pâmela tem alguma ideia? — perguntou Titus, desligando o rádio rapidamente e jogando-o em um arbusto.

Atrás da multidão, um motor roncou. Eram os irmãos de Wiggy, Monty, Jeremy, Jeremy e Jeremy. Eles tinham consertado o jipe e balançavam no ar algumas calças vermelhas e uma pá de jardim.

— Nunca temam, camaradas! — gritou Monty, o irmão mais velho. — Já resolvemos esse problema. TODOS nós fomos capitães do time de rúgbi, bom, menos você, Wiggy, e já derrubamos vários Pés-Grandes na nossa época, hehe!

— Uau, Monty! — disse Wiggy. — Pés--Grandes de verdade?

— Bom, não, não de verdade — respondeu Monty. — Mas temos o carro, temos a pá e não temos MEDO.

Quando ele disse isso, os outros texugos grunhiram NÃO TEMOS MEDO!

Ted cutucou Wiggy.

— Tem certeza de que são da mesma família, Wiggy? — perguntou ele. — Você é tão esperto e eles são tão... tão...

Wiggy olhou para Ted. Ele não estava *muito* empolgado para se juntar aos irmãos, mas queria apoiá-los. Mesmo que fossem um bando de cabeças-ocas.

— Eu sei, Ted — disse ele. — Mas te digo uma coisa, Monty é muito destemido.

— Será que devemos deixá-los tentar? — perguntou Nancy, olhando para Frank. — Eles têm um jipe. São bem grandes também.

— Sim — respondeu ele. — Titus, os texugos têm meu voto. Por que eles não tentam capturar o Pé-Grande essa noite? Temos uma partida de troncocuruto chegando e não quero arruiná-la por conta de um monstro peludo fedorento.

Titus enfiou três *cookies* na boca e mastigou, pensativo.

— Meus queridos texugos — disse ele. — Se vocês acham que podem capturar esse Pé-Grande, então apoiamos vocês.

— Viva, viva! — a multidão comemorou.

— Posso ir? — perguntou Willow.

— Não — disseram todos.

— Buuu — vaiou Willow.

CAPÍTULO 10
Caçando

Ted, Nancy e Willow caminhavam para a Biblioteca da Floresta Cintilante. Crusty McTavish tinha convidado os animais do bosque para acampar lá até que os texugos tivessem capturado o misterioso Pé-Grande.

— Wiggy não é tão durão quanto Monty e os Jeremys — comentou Ted. Sua voz soava preocupada. — Eu não acho que ele realmente queira caçar um Pé-Grande.

— Ele não quer — disse Nancy. — Mas é uma questão de lealdade. Ele é legal.

Era bem emocionante ir até a Floresta depois que escurecia. As velas tremeluziam, iluminando uma grande sala com um brilho dourado. Willow subiu uma escada de madeira em espiral para se juntar aos seus 543 irmãos e irmãs, que estavam se acomodando na sacada para ouvir uma história.

Ted olhou ao redor. Estava lotado... mas nem todos do bosque pareciam estar lá.

— Onde estão todos os esquilos? — Murmurou ele para si mesmo. — E onde está Soluço? E Pâmela? E Felipe, a abelha irritante?

— Algumas criaturas não podem ser domesticadas — disse Ingrid, que estava aninhada em uma grande poltrona de couro. — Você acha que aquela águia maluca vai descer de sua torre? Nunca. — Sir Charles Fotheringay, enquanto isso, estava espremido ao lado de Ingrid, lendo um livro chama-

do *Entretenimento Quack! A História dos Patos no Showbiz*.

Ted e Nancy encontraram um pufe molinho para se aninhar.

— Eu sei que você queria ajudá-los hoje à noite, mana — comentou Ted.

Nancy resmungou.

— É, talvez — disse ela.

Ted enrolou-se nela.

— Mas estou feliz que você não foi. — Ele sorriu, e lhe deu um abraço. — Você tem tido mais algum sonho estranho? — perguntou ele com delicadeza.

— Só as mesmas coisas de sempre — disse Nancy. — E a cada vez, elas ficam mais claras e mais fortes. Exceto por aquela melodia estúpida.

— O assobio? — perguntou Ted.

— É — resmungou Nancy. — Está me deixando louca. Eu queria me lembrar de como termina.

Crusty McTavish caminhou até as raposas.

— Ah, estava querendo encontrar vocês — disse. Ele se apoiou no velho patins que usava para se locomover e puxou um pedaço de papel dobrado. — Não é meu costume arrancar páginas de livros — sussurrou ele —, mas isso parecia importante. É um registro de todas as raposas que viveram na região nos últimos cinco anos.

— Aaah! — exclamou Ted.

Crusty deu a Nancy o pedaço de papel.

— Não faço ideia se vai ajudar — disse ele. — Mas achei que você gostaria de saber quem morava na sua toca. Ver quem pode ter deixado as pegadas que você mencionou.

Nancy confirmou e agarrou o papel.

Torceu para que Ted não notasse que sua pata estava tremendo.

— Valeu, Crusty — disse ela.

Eles olharam para a lista.

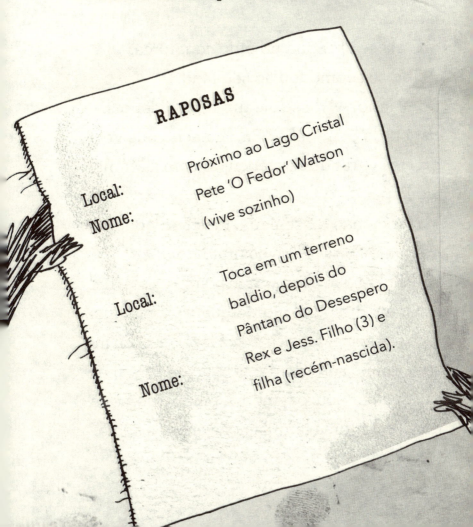

RAPOSAS

Local: Próximo ao Lago Cristal
Nome: Pete 'O Fedor' Watson (vive sozinho)

Local: Toca em um terreno baldio, depois do Pântano do Desespero
Nome: Rex e Jess. Filho (3) e filha (recém-nascida).

— Hum — murmurou Ted depois de um tempo. — Essa é definitivamente nossa Toca. Mas essas raposas não podem ser a Mamãe e o Papai, né?

Nancy balançou a cabeça desapontada.

— Não — disse ela. — Não faz sentido, o filho ser mais velho do que a filha. Bom, tanto faz.

E ela se afundou no pufe com força.

Ted se acomodou ao seu lado.

— Nancy — disse ele um tempo depois. — Está tudo bem, sabe? Eu... eu acho que você precisa parar de se preocupar com a Mamãe e o Papai.

Nancy não disse nada, mas Ted pode ouvir sua respiração se acalmando.

— Eu sei que eles nos amavam — disse Ted. — Eu sei disso pelo tanto que *você* me ama. Eles devem ter te ensinado a fazer isso. Eu me sinto muito sortudo por ter tido os dois, mesmo que por pouco tempo. E olhe ao nosso redor! Temos uma família nova enorme agora.

Nancy não respondeu. Mas enrolou a cauda ao redor de Ted e o apertou com força.

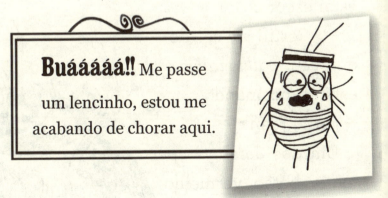

Buááááá!! Me passe um lencinho, estou me acabando de chorar aqui.

Enquanto isso, no bosque, os texugos haviam se reunido do lado de fora do trailer de Titus para uma reunião final antes de partirem para sua expedição de caça ao Pé-Grande. Como um nobre e corajoso prefeito, Titus recusou-se a deixar o bosque – o que significava que Frank tinha ficado para trás também.

— Bom, vocês têm certeza de que não precisam de mais bolachas? — suplicou Titus.

— Honestamente, chefe, você nos deu mais do que o suficiente — respondeu Monty, que ainda usava óculos escuros apesar de estar escuro.

— Certifique-se de que seu *walkie-talkie* está funcionando — pediu Frank.

Um dos Jeremys apertou o botão vermelho

Um dos Jeremys (mas qual deles?)

de um pequeno aparelho preto. Ouviu-se um chiado. Depois ouviram uma voz.

— PIIIIIÁAAA! Aqui é a Agente Especial Pâmela, está me ouvindo? Câmbio e desligo.

— Ahn — disse Jeremy. — Sim?

— PIIIIIÁAAA! Você deveria dizer "Ok", seu tolo! Câmbio e desligo.

— Quem é Roger? — choramingou Jeremy.

Frank revirou os olhos.

— Apenas mantenha contanto com Pâmela, ok? Ela estará observando da Torre Mágica. Assim que vocês capturarem o Pé-Grande, liguem para ela, entendido?

— Roger! — disseram os texugos.

— Achei que você era o Frank? — disse o menor e talvez mais estúpido dos Jeremys.

Wiggy estava em silêncio.

— Você tá bem, camarada? — perguntou Frank em voz baixa para que os outros texugos não pudessem ouvir. — Tem certeza de que não quer que eu siga vocês?

Wiggy balançou a cabeça.

— Não, Frank, está tudo bem. Quero que meus irmãos vejam que sou tão corajoso quanto eles.

Frank olhou para Wiggy com seus grandes olhos de coruja.

— Você é mais corajoso do que todos eles, Wiggy — disse ele.

Conforme o jipe roncou pela floresta profunda e escura, Titus deu um arroto.

— Sinto muito — disse ele. — Você sabe que faço isso quando estou ansioso. Ah, eu realmente espero que eles capturem o Pé-Grande, Frank. Assim podemos voltar ao normal.

— Sim — disse Frank. — Se não o pegarem, teremos que transferir o jogo de troncocuruto para a Floresta Cintilante. Isso lhes dá a vantagem de jogar em casa.

— Que bom que temos a Floresta Cintilante, né? — riu Titus. — Ainda bem que a maior parte dela foi destruída no último livro, ou então eu ficaria preocupado que ninguém iria querer voltar para cá!

— Que livro? — perguntou Frank?

Ah, não! Eles sabem sobre os livros? Quem contou? Foi você? **Aff!** Bom, continue, por favor, não tem nada para ver aqui.

Os texugos estavam vagando pelo bosque há horas.

— Estamos sem petiscos — disse Wiggy, que olhava com tristeza para uma mochila.

Então seus ouvidos captaram algo. Ele podia ouvir um *tum tum tum* distante.

O tipo de *tum* pesado que um Pé-Grande faria.

— Monty! — ele sibilou. — Pare o jipe, mano.

Monty desacelerou até parar.

— Desligue o motor — sussurrou Wiggy. — Estou ouvindo algo... e que cheiro horrível é esse? Jeremy, é você?

— Não, mano! — Disseram todos os Jeremys.

— Fechem o bico! — sibilou Monty.

Os texugos ficaram em silêncio.

Tum tum tum...

— Certo, meus chapas — disse Monty. — É hora de nos aproximarmos a pé. Mostre o caminho, Wiggster.

— Ahn... é... ok — respondeu Wiggy, tremendo. Ele agarrou sua raquete de tênis. Na outra pata, segurava uma lanterna. Eles se arrastaram pelo bosque, em direção ao *tum tum tum*.

Conforme se aproximavam, Wiggy podia ouvir pequenos chilreios estranhos. O que poderia ser? O Pé-Grande estava afiando suas garras?

Em pouco tempo, eles estavam atrás de um grande arbusto. Os barulhos vinham do outro lado.

— Aaaahnnn... é melhor você dar uma olhada, mano — disse Monty, tremendo de medo. — Não quero ficar com toda a glória haha!

Wiggy ergueu a raquete de tênis. Ele fechou os olhos e se imaginou enfrentando o aterrorizante Pé-Grande.

E, com *muita* coragem, ele se levantou.

— Aaaaaaaaaah! — gritou ele, agitando a raquete em frente ao rosto. Ao perceber que não tinha sido comido, ele abriu os olhos.

E viu esquilos.

Com fones de ouvido.

Dançando.

— Mas o que...?

Ao ver que Wiggy não tinha sido atacado, os outros texugos se levantaram.

— Eu *acho* que eles estão numa balada silenciosa — disse Wiggy.

E claro, lá estava Soluço, a gralha festeira, usando fones de ouvido, óculos de sol e balançando suas asas no ar. Os *tuns* eram

todos dos esquilos pulando ao som da música ao mesmo tempo.

— UHUUUUL! — gritou Soluço, quando ela avistou Wiggy. — Venha e se junte a nós! Nenhum Pé-Grande vai acabar com a minha festa!

E ela pegou uma tigela de gelatina e colocou sobre a cabeça, só por diversão.

— Não, obrigado, Soluço — disse Wiggy com sensatez. Mas Monty, Jeremy, Jeremy e Jeremy o empurraram para o lado.

Quando Wiggy se virou, todos estavam dançando.

— UHUUUUL! — gritou Soluço, arremessando pipoca e pirulitos para a multidão.

"*Bom*", pensou Wiggy, "*se todos estão dançando*". Ele colocou fones de ouvido e começou a fazer uma dança estranha.

Soluço colocou outra música. Devia ser a favorita dos esquilos, porque eles ficaram loucos.

— **TRONCOCURUUUUUUTOOOO!** — gritou um deles. *Isso* fez os esquilos enlouquecerem. Eles começaram a troncocurutar no ritmo da música, pequenas sombras saltando para lá e para cá. Wiggy começou a rir. Ele tinha se esquecido de como era divertido dançar! Talvez ele fosse sério demais? Talvez eles devessem estar se divertindo em vez de... o que eles deveriam estar fazendo?

E então Wiggy notou aquele cheiro estranho de novo. Ele olhou para a lama e, como era de se esperar, havia uma pegada gigante.

— Ahn, pessoal? — murmurou Wiggy, apontando para a pegada.

Mas ninguém podia ouvi-lo.

De repente, um grito alto abafou a música que ecoava nos fones de ouvidos de todos.

— O monstro! — berrou Martin, um esquilo com tênis luminosos muito bacanas. — Ali! Nas árvores! SALVEM SUAS VIDAS!

E então ele desmaiou.

Wiggy olhou para onde Martin havia apontado e uma sombra atravessava as árvores.

— Essa é nossa chance, rapazes! — gritou Wiggy. — Peguem a rede, pessoal, peguem a rede!

Jeremy, Jeremy e Jeremy se atrapalharam com a mochila e tiraram de lá uma velha rede que haviam encontrado perto do trailer de Titus.

Wiggy liderou o ataque, balançando a raquete de tênis acima da cabeça. Os esquilos ainda estava troncocurutando por todo lado, o que atrapalhava a visão. Soluço soprava seu apito.

— **UHUUUUL!** Vamos fazer uma festa do monstro, aeeeee! — comemorou ela.

Wiggy estava perto o bastante agora para ver a sombra do Pé-Grande. O formato escuro que cambaleava entre os arbustos era maior do que ele, e sua cabeça parecia ter um formato triangular estranho. Ele respirou fundo e... o ACERTOU na cabeça com a raquete. A sombra gritou e caiu no chão.

— Agora, pessoal! — pediu Wiggy. — Joguem a rede sobre ele! Rápido!

Os texugos jogaram a rede sobre a figura escura e fizeram um nó em cima para que o Pé-Grande não fugisse.

Wiggy pressionou o botão em seu *walkie-talkie*.

— Pâmela! Vamos, Pâmela, você me ouve? É o Wiggy!

Houve um chiado na linha.

— PIIIIIIÁÁÁÁÁ! CÂMBIO, AQUI É A AGENTE PÂMELA. O QUE ESTÁ ACONTECENDO? CÂMBIO E DESLIGO.

— Acabamos de capturar o monstro! — disse Wiggy. — Nós conseguimos! Capturamos o Pé-Grande!!!

Bom, **UHUUL** por isso, hein, pessoal? Que resultado! Acho que todos podemos voltar para casa, não é? **Ah . . . oh . . .** aparentemente não podemos. Estão me dizendo que, se você virar a página, há mais "história". Quem diria?

CAPÍTULO 11
Assobiando

Os texugos rapidamente jogaram a grande coisa na parte de trás do jipe e dirigiram para o trailer do Titus a toda velocidade.

— O Pé-Grande está passaaaando! — gritou Monty conforme o jipe derrapou até parar. Titus pulava de pânico.

— Deixe-me ver, deixe-me ver! Ah, não posso olhar! — ele tagarelou.

Pâmela sobrevoava, pronta para atacar caso o Pé-Grande causasse problemas.

— Força, rapazes! — pediu Monty, e os texugos jogaram a rede no chão. Então se afastaram quando a coisa presa na rede começou a se libertar.

A cauda de um esquilo de repente apareceu. Frank revirou os olhos.

— Ah, pelo amor... — suspirou ele. Ele voou e sacudiu a rede com as garras.

Dali saíram cinco esquilos muitos confusos e atordoados. Um deles estava com um cone preso na cabeça.

— Ah — disse Monty.

— Ai, nossa — disse Titus.

— O que está aconteceeeendo? Não sinto meu rosto — disse Geraldo, o esquilo com o cone na cabeça, e depois trombou com uma árvore.

— O cone deixou tudo confuso, eu acho — disse Wiggy.

Frank pegou uma minhoca do chão e a mastigou pensativo.

— Idiotas — disse ele. — Eu realmente estou cercado de idiotas.

— Na verdade, eu sou um cirurgião qualificado — disse a minhoca.

Ok, vou apenas dizer uma coisa. **Esses texugos são péssimos em caçar monstros.**

No dia seguinte, Willow e Ted estavam lançando aviões de papel da sacada da Biblioteca da Floresta Cintilante.

— Aeee, veja como voam! — berrou Willow, observando seu avião fazer um *looping* e então acertar o focinho de Titus.

— Ah! Titus está aqui — disse Ted. — Vamos ver se eles pegaram o Pé-Grande!

Eles deslizaram pelo corrimão e aterrissaram aos pés de Titus. Crusty McTavish comia uma rosquinha de geleia. Titus havia comprado uma cesta delas.

— Não deu certo, né? — perguntou Willow cerrando os olhos. — É por isso que você trouxe rosquinhas. Elas são "rosquinhas de más notícias", não são?

Titus desatou a chorar.

— A criatura AINDA ESTÁ À ESPREITA! Nosso lar foi TOMADO!

E ele chorou tão alto que todos pararam para admirar as lágrimas, a saliva e a meleca que escorriam por seu rosto peludo.

— Calma, calma, Titus — disse Crusty. — Vocês podem ficar aqui o tempo que precisarem.

— Você é muito gentil — fungou Titus. — Mas não podemos ficar aqui para sempre.

Houve um murmurinho na biblioteca conforme a notícia se espalhava de que o Pé-Grande ainda estava à solta.

— Isso é ótimo! — sibilou Willow para Ted.

— Por quê? — perguntou ele.

— Porque significa que o monstro ainda está À SOLTA. Podemos pegá-lo! — e então fingiu dar um chute de kung-fu.

— Mas e a partida de troncocuruto essa noite? — perguntou Frank.

— Podíamos cancelá-la? — indagou Crusty.

Titus assoou suas narinas enormes.

— O que você acha, Frank?

— Não — respondeu Frank, batendo suas grandes asas de coruja. — Estou cansado de mudar as coisas por causa de um tal monstro que quase nenhum de nós viu. Voto por mantermos o jogo. Podemos ter vigias.

Crusty concordou.

— Eu concordo — disse ele. — Quem sabe? Todo o barulho pode... assustar o monstro.

Titus se levantou e concordou com os chifres.

— Vocês estão certos — disse ele. — Não seremos expulsos de casa por um Pé-Grande idiota!

Ele pegou um megafone que por acaso estava ali jogado, nada de mais.

— ATENÇÃO, AMIGOS! Agora, como vocês já sabem, nossos corajosos e nobres texugos confrontaram o tal Pé-Grande do bosque ontem à noite. Exceto que eles, na verdade, capturaram a maior parte do nosso time de Troncocuruto em uma balada silenciosa...

— ISSO AAAAÍÍÍÍÍ! — gritou Ginger Fiasco, levantando o punho no ar.

— Enfim, nós NÃO seremos expulsos de casa! — continuou Titus. — Com monstro ou sem monstro, O AMISTOSO DE TRONCO-CURUTO ENTRE O BOSQUE E A FLO-

RESTA CINTILANTE HOJE À NOITE...
ACONTECERÁ!

— AE!

— UHUL!

— Ah, droga.

Frank pairou sobre uma pequena pilha de esquilos que pareciam cansados. Era a equipe de Troncocuruto do bosque.

— Ouviram isso, time? — gritou Frank.

Os esquilos resmungaram e apertaram suas pequenas cabeças peludas.

— Passar a noite em uma balada silencio-sa não é minha ideia de treino adequado — continuou ele. — No final conseguimos tirar o cone da cabeça, não é, Geraldo?

Geraldo confirmou e esfregou a cabeça dolorida. A maioria dos esquilos não tinha ido para a cama e agora dormiam de olhos abertos.

— Agora, peguem uma garrafa de suco chifredoido, todos vocês! — ordenou Frank, empurrando um engradado de garrafas ver-des na direção deles. — Onde está Nancy?

— Ela foi lá para fora — disse Martin. — Disse que precisava tomar um ar.

— Precisava, é? — disse Frank. Ele ergueu o olhar e viu Dr. Khan sentado em uma pol-trona lendo um livro que parecia extrema-mente sério.

— Com licença, Doutor — disse ele. — Des-culpe-me incomodá-lo.

— Frank — cumprimentou Dr. Khan, bai-xando o livro de modo que o bico apareceu por cima. — Como posso ajudar?

Frank indicou a porta com a cabeça.

— Nossa amiga raposa. Ela ainda não está bem. Acho que é um daqueles sonhos ruins. Ela é minha estrela de troncocuruto e eu preciso que ela dê o máximo hoje à noite. Há algo que você possa fazer?

Dr. Khan baixou o livro por completo.

— Hum — disse ele. — Bom, tenho lido mais sobre esse tipo de coisa. Você sabia que muitas coisas podem desenterrar lembranças? Certos lugares, cheiros, músicas...

— Ela tem tentado assobiar uma melodia há dias — disse Frank.

Dr. Khan saltou da poltrona e andou até sua maleta.

— Acho que tenho algo que pode ajudar — ele piou. — Deixe comigo.

Nancy estava sentada à beira do Lago Cristal, a luz do sol refletia na água cristalina e brilhante. De vez em quando, um esquilo vestindo uma malha cintilante passava voando. O time de troncocuruto da

Floresta Cintilante estava treinando antes da partida. Nancy esticou os braços e as pernas. Ela sabia que existiam problemas maiores – como um monstro gigante aterrorizando o bosque –, mas ela mal podia esperar pela partida de troncocuruto. Um pouco das boas e velhas cabeçadas nas copas das árvores era tudo o que ela precisava.

Ela tinha tido outro sonho estranho na noite anterior. Ouvira a mesma melodia sendo assobiada – aquele que era um pouco feliz e um pouco triste. Ela tentou assobiá-la, mas como não sabia assobiar, só cuspiu para todo lado.

— Olá, raposa. Eu me lembro de que você gosta de café — disse o Dr. Khan, colocando gentilmente uma xícara nas patas de Nancy.

— Ah, obrigada, Doutor — agradeceu ela, bebendo o líquido avidamente.

— Eu gosto mais de chá — comentou ele. — Você estava tentando assobiar agora pouco?

Nancy sorriu com timidez.

— Sim. Mas não sei assobiar. É a melodia que eu escuto nos meus sonhos... Eu me lembro do início e do meio, mas não do final.

Dr. Khan abriu sua maleta. Tirou dali uma pequena flauta de madeira.

— Já tocou uma dessas? — perguntou ele casualmente. — É bem fácil.

Ele passou a flauta para Nancy.

— Não... — disse ela. — Me sinto uma boba.

Dr. Khan a olhou de uma maneira que lhe dizia para se esforçar mais.

Então ela levou o tubo de madeira à boca e soprou.

Dr. Khan mostrou a ela como cobrir os buracos com as patas para fazer notas diferentes. Nancy descobriu que ele estava certo - era fácil demais pegar o jeito daquilo.

Você pode ficar com ela por enquanto — disse ele. — Continue praticando e logo você será capaz de tocar a música. Adeus, raposa.

Nancy despediu-se do Dr. Khan e começou a praticar seu novo instrumento. Ela nunca tinha sido muito musical – era mais coisa do Ted. Mas, aos poucos, ela trabalhou nas notas. Bom, na maioria delas, pelo menos. Se ela ao menos pudesse se lembrar das últimas...

— MAHAHAHAHA! Para que você arranjou isso? — zombou Willow, pulando sobre Nancy.

Nancy rapidamente baixou a flauta.

— Nada — respondeu ela e deu um empurrão em Willow.

— Eles não pegaram o Pé-Grande, Nancy — disse Ted.

— Ah — exclamou Nancy. — Não posso dizer que estou surpresa. Como o Titus está?

— Chorando — respondeu Willow. — Enfim, Frank quer que você volte para o bosque para um treino de troncocuruto antes do jogo hoje à noite.

— Está bem — resmungou ela. — Daqui a pouco eu vou.

— Você está bem, mana? — perguntou Ted.

— Sim — respondeu ela. — Só precisava de um tempo para mim. Já volto, ok?

Ted deu um abraço nela e então saiu correndo para alcançar Willow.

— Ei, Ted — gritou Nancy.

— Sim?

— Por que Willow tem uma pá?

Willow a ouviu e deu meia-volta.

— Porque eu gosto muito de jardinagem! — ela gritou.

Nancy franziu a testa.

— Essa coelha... — resmungou ela. Mas voltou sua atenção para a flauta, tentando tocar o final da música que ela simplesmente não conseguia lembrar.

CAPÍTULO 12
Troncocurutando

Era a noite da partida de troncocuruto. Nancy e o resto dos jogadores estavam se aquecendo. Os esquilos alongavam as caudas um dos outros, saltavam e diziam coisas em voz alta como "UHA!"

Os texugos tinham concordado em patrulhar a clareira de troncocuruto durante a partida. Monty estava muito empolgado com esse novo trabalho importante, e os fez usar coletes amarelos neon brilhantes que diziam "SEGURANÇA" nas costas.

— Não vamos deixar esse patife escapar dessa vez, rapazes — disse ele, apoiando-se na porta do jipe, enquanto girava casualmente uma lanterna pela alça.

A equipe da Floresta Cintilante parecia mais nervosa do que o normal.

— Tudo bem, chefia? — perguntou Nancy à capitã do time, Reena.

Reena riu.

— Hum, sim, estamos um pouco nervosos — respondeu ela. — Alguns de nós estão preocupados com a amiga águia de vocês. Outros estão preocupados com o monstro gigante.

— *Você* está preocupada? — perguntou Nancy.

— Nem — zombou Reena. — Só estou preocupada em vencer o jogo.

Titus bateu duas cascas de coco.

— Que a partida de troncocuruto... COMECE!

> Você sabe o que é **troncocuruto**, né? Esse jogo antigo da floresta no qual os esquilos (e Nancy) se jogam de árvore em árvore, colidindo entre si e tentando não cair no chão? Não me faça explicar outra vez, por favor. **Ah, exceto que acabei de fazer isso.** Hooray!

Ted e Willow estavam aprontando algo.

— Maneiro — disse Willow, espalhando lama no focinho de Ted. — Você parece bem durão.

— Não tenho certeza disso — disse Ted.

Willow tinha rasgado a camiseta de uma de suas irmãs e amarrado uma tira na cabeça de Ted.

— Pegou os suprimentos? — perguntou ela.

Ted olhou em sua mochila.

— Uhum — respondeu ele. — Temos uma lanterna, meu caderno, os *walkie-talkies*, um espelho compacto, alguns lápis, uma gaita, uma garrafa de chá e algumas bolachas.

— Ótimo. É MUITO importante que você se lembre das bolachas — disse Willow.

Ted tentou sorrir, mas seu coração estava pesado.

— Não sei, Willow — murmurou ele. — Não tenho certeza disso.

Os olhos de Willow se estreitaram.

— Não seja um fracote, Ted — rosnou ela. — Você disse que estava comigo nessa.

— Estou com você — disse Ted. — É só que... não quero ser morto pelo Pé-Grande.

Willow ajeitou sua pintura facial.

— Nem sabemos se o Pé-Grande mata alguma coisa — comentou Willow. — Ele pode ser amigável!

— Nancy quase ser assassinada por aqueles pneus não me pareceu muito amigável! — disse Ted, jogando a mochila nas costas.

170

Willow tinha feito um suporte para a pá que ela "pegou emprestado" do jipe de Wiggy.

Eles dispararam para fora da toca. Tudo estava quieto. Então ouviram um **"TRON-COCURUUUUUUUTO"** a distância.

— Brilhante — disse Willow. — A partida começou.

E ela ergueu a pata no ar.

— Caçadores de moooonstros, BORA! — gritou ela.

— Caçadores de monstros, bora... — murmurou Ted, fazendo um "toca aqui" na pata dela.

Pâmela estava um pouco zangada.

Sua melhor amiga, Soluço, a gralha festeira, atuava como líder de torcida e DJ

> Isso tudo me parece muito sensato, tenho certeza de que não estão sendo **ridículos** e **irresponsáveis**.

na partida de troncocuruto. Mas Pâmela não podia comparecer, graças ao "incidente do casamento".

Ela voltou sua atenção para os monitores das câmeras em vez disso. Então agitou uma garrafa de limonada efervescente e a abriu, e tudo explodiu em seu rosto. Era seu jeito favorito de degustar uma bebida relaxante. Ela estava tão ocupada bebendo a limonada que não notou Ted e Willow arrastando-se sobre suas barrigas peludas pela floresta.

— Já viu alguma coisa? — sussurrou Ted.

— Não — disse Willow. — Continue se arrastando.

Eles balançavam as lanternas à frente deles, na esperança de encontrar mais pegadas. Estavam em algum lugar além do Laguinho, entrando cada vez mais na floresta. Bem distantes dos aplausos da partida de troncocuruto, com certeza.

Ted as avistou primeiro.

— Willow! — ele sussurrou. — Veja!

Ele apontou sua lanterna e Willow viu seis pegadas de monstro perfeitamente formadas. Ela perdeu o fôlego.

— O Pé-Grande está por perto! — disse ela, erguendo seu focinho adorável no ar e remexendo-o.

— Posso sentir seu cheiro, juro! — sussurrou Willow, sentindo-se *muito* dramática e importante.

Ela começou a desamarrar a pá.

Ted ergueu os olhos. Eles estavam debaixo de um grande carvalho retorcido. Ele estremeceu, porque tudo era um pouco assustador.

Willow jogou a pá para Ted.

— Rápido! Comece a cavar!

Então ele começou.

Enquanto isso, era o intervalo da partida de troncocuruto. O placar estava Floresta

> Não sou muito fã de pás de jardim, verdade seja dita. Meu primo Neville perdeu seis braços graças a uma delas. Meio que acabou com o clima do nosso churrasco.

Cintilante 6, Bosque 625. O sistema de pontuação era bem confuso.

— Vocês estão indo bem, time. Não percam o foco! — disse Frank, distribuindo garrafas de suco chifredoido.

Nancy bebeu o dela e limpou o focinho com uma toalha.

— Sua assistente não deveria estar distribuindo isso? — perguntou ela. — Onde está Willow?

Frank franziu a testa.

Nancy ficou de pé e olhou para a multidão. Ted e Willow nunca perdiam uma partida de troncocuruto.

— Onde está Ted? — sussurrou ela. — Frank, onde eles estão?

— Willow me disse que você baniu ela e Ted do jogo — respondeu ele, ficando preocupado de repente. — Ela disse que você não os queria perto do monstro... — E assim que terminou de falar, percebeu que Willow havia lhe contado uma mentira.

— Eu nunca disse isso, Frank — disse Nancy. — Se aquela coelha meteu Ted em problemas...

Nancy tirou o capacete, jogou-o no chão e removeu a braçadeira de capitã.

— Me desculpe, Frank. Não posso jogar o segundo tempo. Tenho que encontrá-los.

Frank suspirou enquanto observava sua capitã correr para a floresta.

— Ginger, você está dentro — disse ele, puxando a cabeça de um esquilo de dentro de um pacote de salgadinhos.

Ted estava sentado em um galho baixo do carvalho. Ele subiu no próximo e deslizou até a ponta, para que ficasse pendurado.

Embaixo dele, Willow arrastava galhos e ramos por cima de um buraco profundo.

— Não tenho certeza se *quero* ser usado como isca de monstro, Willow — disse Ted com nervosismo.

— Você ficará bem! — disse Willow. — Eu li sobre isso. É uma maneira brilhante de capturar coisas. O monstro tentará te agarrar, mas cairá neste buraco antes que tenha chance. Vai superfuncionar!

(Tem certeza?)

Willow limpou os nacos de barro e cascas das patas na barriga.

— Pronto? — gritou ela.

— Pronto — respondeu Ted com tristeza. Ele alcançou sua mochila e tirou a gaita, e as bolachas. Jogou as bolachas para Willow.

— Excelente! — disse ela. Devorou uma por precaução, e então espalhou as restantes ao redor da armadilha.

— Todo mundo ama bolachas — disse Willow. — Quando o Pé-Grande sentir o cheiro dessas, vai cair direto na nossa armadilha!

— Willow — chamou Ted —, refresque minha memória... por que sou *eu* quem está sentado aqui?

— Você é maior — respondeu Willow. — O Pé-Grande com certeza preferiria comer você do que essa coelhinha.

— Entendi — disse Ted, triste.

— Além disso, sou mais uma ninja do que caça-monstros — continuou ela. — Quando a fera cair no buraco, vou cobri-lo com mais galhos para que não fuja. E então VOCÊ vai chamar Pâmela no *walkie-talkie* e dizer a todos que nós o pegamos!

— Ok — disse Ted, sua voz estava hesitante.

— E nós seremos heróis, e seremos levados a todos os lugares em uma limusine dourada, e seremos entrevistados na televisão e ficaremos FAMOSOS...

Houve um farfalhar e uma pancada por perto.

Ted choramingou.

Willow prendeu a respiração e se jogou atrás de um arbusto.

— Agora, Ted! — ela sibilou.

Ted levou a gaita a boca. Suas patas tremiam. Ele começou – bem suavemente – a tocar.

— Mais alto! — chiou Willow. — Queremos que o monstro ENCONTRE você, não?

Ted não tinha certeza se queria, mas tocou a gaita um pouco mais alto.

O farfalhar e as pancadas aumentaram.

E então, alguns galhos se moveram.

Uma sombra.

Não havia mais dúvidas – o Pé-Grande tinha CHEGADO.

desmaia

CAPÍTULO 13
Aterrorizando

À medida que o monstro cambaleou em sua direção, Ted gritou. A forma escura saltou no ar e agarrou o galho onde Ted estava. Ele balançou em cima da armadilha.

— Nãããão! — gritou Ted, subindo ainda mais alto nos galhos.

Willow saiu de trás do arbusto espinhoso brandindo um graveto.

— Solte esse galho, seu Pé-Grande podre! — gritou ela. — Solte!

Mas o monstro segurou firme. Isso sacudiu o galho, que começou a pender.

— Willow! — gritou Ted. — O galho vai quebrar! Nós dois vamos cair no buraco!

— Ah — disse Willow, parando para coçar o focinho. — Não tinha pensado nisso.

— **AAAAAAAAAH!** — gritou Ted quando ouviu o galho quebrando. Ele caiu de costas... estava indo direto para a armadilha...

Mas no último segundo, o monstro agarrou sua pata.

— Ahn? — disse Ted.

Ele olhou para o monstro por tempo o suficiente para ver um par de olhos brilhantes observando-o na escuridão.

Algo ROSNOU.

E não era o monstro.

— Tire as mãos do meu irmão! — rugiu Nancy, voando pelo ar com o poder de uma campeã de troncocuruto.

Ela colidiu com Ted e Pé-Grande, empurrando-os para longe da armadilha, fazendo-os cair no chão.

Willow agarrou Ted e o arrastou para longe. Nancy estava presa embaixo do Pé-Grande, que rolava e choramingava.

— Empurre-o naquela direção! — Willow gritou para Nancy, apontando para a armadilha.

Nancy cerrou os dentes e se levantou, rolando o Pé-Grande para as folhas que cobriam a armadilha.

— **AAAAAAAAAAAAAAAAH** — ele gritou. Os gravetos estalaram e o monstro aterrissou com um **BAQUE** no fundo do buraco.

Nancy, Willow e Ted ofegavam deitados no chão.

— Funcionou! — arfou Willow entre respirações, os olhos brilhando. — Minha armadilha funcionou. AI!

— No que você estava pensando, coelha? — Nancy gritou.

— Foi minha ideia também, Nancy! — ganiu Ted, ainda deitado no chão.

— V-v-v-vamos o-o-olhar o-o m-m-m--monstro a-a-a-antes — disse Willow.

Com cuidado, os três se arrastaram até a beirada do buraco.

Eles viram uma massa escura debaixo dos galhos e gravetos.

E então uma cabeça apareceu.

— Olá — disse ele. — Prazer em conhecê-los.

— O Pé-Grande pode FALAR! — disse Willow. — Isso é TÃO LEGAL.

— Eu não sou um Pé-Grande! — disse a voz, que era áspera e rouca. Ele ergueu um pouco mais a cabeça. — Sou uma raposa!

Nancy e Ted se olharam. Os olhos de Ted se arregalaram. Ele procurou sua lanterna e iluminou o buraco.

Devagar, bem devagar, o monstro ficou de pé. À luz da lanterna, puderam ver claramente que a criatura estava enrolada em muitos cobertores e panos, o que fazia com que ela parecesse enorme. Usava um grande chapéu peludo. Nas costas havia uma mochila enorme, com panelas e potes pendurados. Uma vara de pescar também aparecia, assim como um conjunto de cordas. E, com certeza, no meio de tudo, havia uma raposa.

Uma raposa muito suja e muito fedida.

— **Quem é você?** — ladrou Nancy, apontando um galho em sua direção, só para garantir.

A raposa sorriu.

— Você deve ser Nancy — disse ele.

Nancy rosnou e seus pelos se arrepiaram.

— Como você sabe meu nome? — rosnou ela.

Mas a raposa continuou sorrindo e olhou para Ted.

— E você deve ser... Ted? — perguntou ele. Então começou a tossir. Era uma tosse seca e cansada.

— UAU! — exclamou Ted. Ele começou a saltar no lugar, esquecendo-se do medo. — Sim! Sim, eu sou Ted! Olá!

— Qual o meu nome então, RAPOSA VIDENTE? — gritou Willow.

— Receio não saber — respondeu a raposa.

— AHÁ! Eu sabia — falou Willow, sem saber exatamente o que queria dizer com isso. Mas soava bem.

Nancy olhou ao redor e avistou uma pedra pesada e irregular. Ela largou o galho, pegou a pedra e a ergueu, mirando na raposa.

— Última chance — rosnou ela. — Ou acerto essa pedra na sua cabeça. QUEM É VOCÊ?

A raposa pareceu assustada e recuou um pouco no buraco.

— Não precisa fazer isso, Nancy — disse ele. — Escute, sinto muito, mas não tem jeito fácil de dizer isso...

A raposa deu um grande suspiro.

— Meu nome é Rufus. E... eu sou seu irmão.

— Ah. Santa. Cabritinha — disse Willow.
— EU VOU ENLOUQUECEEEEEEER!

O QUE???!!!!! Preciso me sentar. Você está sentado? Acho que todos nós precisamos nos sentar.

Nancy esfregou o rosto com as patas.

— Repete isso — pediu ela.

— Eu sou seu irmão mais velho, Rufus — disse a voz. — Estou procurando vocês há tempos. Por isso estou aqui.

Os olhos de Ted se encheram de lágrimas enquanto ele olhava de Nancy para Rufus e vice-versa.

— Não posso acreditar! — sussurrou ele. — Eu tenho um irmão!

— Por favor... por favor, vocês podem me tirar deste buraco? — implorou Rufus. Então começou a tossir bastante.

— Não — respondeu Nancy. — Você fica aí.

Ted tirou em silêncio uma garrafa da mochila.

— Aqui está — disse ele, jogando-a no buraco. — Parece que você precisa beber alguma coisa.

Nancy o encarou.

— O que você está fazendo? — sibilou ela.

Ted deu de ombros.

— Ele parece estar mal, Nancy... seja ele quem for — respondeu Ted.

Eles ouviram Rufus bebendo o líquido da garrafa de Ted.

— Muito obrigado — disse ele, com a voz muito mais clara agora. — Essa é a primeira bebida decente que tomo em semanas. Tenho tomado água daquele lago nojento dos patos.

Willow torceu o focinho.

— Você não deveria beber aquilo, meu chapa — disse ela.

— Por que deveríamos acreditar em uma palavra do que você diz? — rosnou Nancy. — Eu não tenho irmão mais velho. Nunca tive um irmão mais velho. Você está falando um monte de besteira, nos assustando e eu não gosto disso.

Rufus se mexeu.

— Pera aí — disse ele. — Vou provar.

Ouviram ele remexendo suas coisas. Então a garrafa de Ted foi atirada do buraco, caindo aos pés de Nancy.

— Abra — pediu Rufus.

Nancy abriu a garrafa e a virou para baixo. Dali caíram vários cartões-postais, amarrados com um fio. Ela os pegou.

— Ei! — disse Ted. — Eu que escrevi isso!

São os cartões-postais que tenho enviado para Mamãe e Papai na Cidade Grande!

As patas de Nancy começaram a tremer um pouco.

— Eu sei — disse Rufus. — Foi assim que eu descobri que vocês estavam no bosque. Eu... eu estive fora por alguns anos. Viajando por aí, sabe. Então eu voltei para a toca algumas semanas atrás e encontrei isso.

— Os mapas! — disse Ted, de repente sentindo-se orgulhoso de si mesmo. — Eu desenhei mapas.

Nancy balançava a cabeça.

— Mentira — disse ela. — Por que você não nos contou, então? Por que ficar se esgueirando por aí, fingindo ser um monstro?

— Eu tentei! — disse Rufus. — Mas nunca parecia a hora certa. Quer dizer, tem muita coisa acontecendo nesse lugar. Eu ia contar a vocês uma tarde, mas então, tinha esse casamento e essa águia...

Willow riu e revirou os olhos.

— Ah, tempos doidos — disse ela melancolicamente.

— E tinha tanta comida — continuou Rufus. — Eu estava faminto. Não comia há dias. Enquanto vocês estavam distraídos, receio que eu... eu...

— Você a roubou — disse Nancy.

— Sim — concordou Rufus, por fim. — Sinto muito. Mas eu tive que roubar. E na outra vez que vi vocês, quis dizer *oi*, mas eu estava dormindo dentro dessa pilha de pneus... e então alguém colocou fogo nela! Eu até chamusquei minha cauda. E não consegui tirar essa fuligem do meu pelo desde então.

Ted olhava seus velhos cartões-postais. Ele parecia muito menos agitado do que Nancy.

— Seus pés são grandes? — perguntou Ted.

— Ahá! — respondeu Rufus. — Do tamanho normal para uma raposa da minha idade. Mas eles estão muito doloridos depois que aqueles cães selvagens me perseguiram.

— Cães selvagens! — gritou Ted. — Uau!

Rufus deu uma risada cansada.

— Sim, não foi muito divertido. Me perseguiram por um dia e uma noite inteiros. Minhas patas machucaram bastante. Mas então encontrei essas coisas... pera aí.

Houve mais barulho e eles podiam ver Rufus se curvando para tirar algo dos pés.

Ele arremessou algo que parecia uma raquete de tênis peluda.

— Acho que são antigos sapatos de neve — disse ele. — Eu os encontrei em uma lixeira, nos arredores do bosque. É um pouco difícil andar com eles, mas ajudaram minhas patas a se curar.

Willow deu um salto e os agarrou.

Então ela fez marcas na lama com os sapatos.

— Pegadas de Pé-Grande! — murmurou ela. — Pode me dar

o outro par? Posso assustar meus irmãos e irmãs de maneira adequada.

Nancy de repente balançou a cabeça, como se tivesse acabado de lembrar da existência de Willow.

— Coelha — disse ela. — Vá chamar os outros. Diga a eles que... diga a eles que precisamos de ajuda.

Willow concordou.

— Até mais, Rufus! — gritou ela. — Sinto muito pela armadilha... mas é bem legal, não é?

Ouviram uma risada.

— Sim — respondeu Rufus gentilmente. — Você me prendeu muito bem.

E Willow saltou de volta para contar a MAIOR fofoca sobre o irmão mais velho.

— Nancy — disse Rufus. — Sei que você está chateada, mas, por favor... posso sair desse buraco agora?

— Não — respondeu Nancy. — Não até você se explicar.

Ted a olhou com os olhos marejados.

— Ah, mana — disse ele. — Temos que dar uma chance a ele!

— Não, Ted — disse Nancy. — Não podemos confiar nele. Ele é uma raposa qualquer que encontrou os cartões e veio aqui para nos assustar.

— Mas por que uma raposa qualquer teria todo esse trabalho? — disse Ted. — Não temos nada para dar a ele. Por favor, Nancy. Por mim.

Nancy suspirou e fechou os olhos por alguns segundos.

— Tudo bem — respondeu com rispidez.

— Vamos te ajudar a subir, Rufus! — gritou Ted, tirando o cachecol e jogando uma das pontas no buraco.

— Mas se você encostar um dedo em mim ou nele — continuou Nancy — você está frito feito pastel.

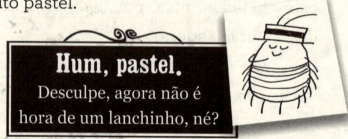

Hum, pastel.
Desculpe, agora não é hora de um lanchinho, né?

CAPÍTULO 14
Lembrando-se

Ted fez uma pequena fogueira e os três se sentaram ao redor dela – Ted e Nancy de um lado e Rufus do outro. Assim que ele tirou todos os cobertores imundos, Ted e Nancy puderam ver claramente que Rufus era apenas uma raposa. Na luz do fogo, Ted o observou. Ele tinha orelhas irregulares, pelos embaraçados e bigodes tortos. Ele fedia a pneu velho, pântano rançoso e sabe-se lá mais o quê. Mas seus olhos cansados brilhavam e cintilavam.

Nancy encarou Rufus com desconfiança.

— Eu sei que estou fedendo — disse Rufus um pouco tímido. — Estou dormindo na floresta há dias. Quando cheguei aqui, caí nesse pântano horrível e não consegui tirar a lama fedorenta. O cheiro só piorou, sabe? Tentei tomar banho naquele laguinho, mas me assustei com aqueles patos barulhentos. Uma turma irritada, né?

Nancy encarou o fogo e não ergueu os olhos.

— Pode começar — resmungou ela. — Por que deveríamos acreditar que você é nosso irmão?

Rufus pigarreou e se aproximou um pouco mais do fogo.

— É justo — disse ele. — Fiquem confortáveis. Porque a história é longa.

Você tem uma cobertinha? Acho que todos deveríamos pegar uma cobertinha.

HISTÓRIA DO RUFUS

— Deixamos o bosque quando você, Nancy, era só um filhote. Sim, é isso mesmo – Mamãe e Papai eram do bosque! Fiquei felicíssimo quando vi os cartões de Ted. Vocês encontraram o caminho de volta para casa sem saber que era casa. Muito espertinhos, vocês dois. Enfim. Você era uma filhotinha. Mas eu já era um pouco mais velho e já estava explorando por conta própria.

— Na época, havia muitos humanos a cavalo por aqui. Eles galopavam pelo lugar com seus cães raivosos tentando nos pegar. Uma coisa desagradável. Um dia eu quase fui capturado. Vê essa orelha? O pedaço que falta? Culpa deles. Enfim, isso realmente assustou Mamãe e Papai. Eles acharam que o bosque estava ficando perigoso. Alguém contou a eles que muitas raposas estavam tendo mais sorte na Cidade Grande. Bom, Papai não queria, mas Mamãe sempre foi um pouco viajante, sabe? Acho que herdei isso dela. *Wanderlust*, conhecem essa palavra? É para pessoas que não gostam de ficar em um mesmo lugar por muito tempo.

Então partimos, nós quatro – Mamãe, Papai, e eu e você, Nancy. E quase assim que chegamos, você nasceu, Ted. Mamãe e Papai ficaram muito ocupados com vocês dois. Mas tudo bem. Eu amava passear pela Cidade Grande. Passava a maior parte do tempo fora de casa. Talvez seja por isso que você não se lembra tanto de mim, Nancy. Eu era jovem, e só queria sair com meus amigos.

Fiz muitas amizades, na verdade. Nós atacávamos lixeiras e nos metíamos em enrascadas. Meu melhor amigo, Marco, estava em uma banda. Ele me deu uma flauta. Às vezes tocávamos música a noite toda. Os gatos e cães da vizinhança se juntavam a nós uivando. Era bem divertido.

Enfim, uma noite estávamos mastigando ossos de galinha e Marco disse: *Ei, Roofy. Você quer viajar o mundo?*

E eu disse "O que, cara?", e ele respondeu, "Tem um barco saindo do cais bem cedo amanhã. Estará cheio de músicos, artistas, gente do circo e tal. Podemos viajar o mundo com nossa banda!"

Bom, soava como a coisa mais empolgante do mundo. Mamãe costumava me contar sobre seus dias viajando por aí, tocando em uma banda quando era mais nova. Sim, ela fez isso, Ted! Mas então ela conheceu o Papai e tudo parou.

Eu disse a Marco que pensaria nisso. Ele disse que eu precisava estar no cais ao nascer do sol. Então voltei para nossa toca. Vocês quatro estavam aconchegados. Pareciam tão quentinhos e confortáveis. Eu sentei e observei vocês dormirem pelo resto da noite. Então escrevi um recado explicando tudo para Mamãe e Papai. Disse que voltaria logo, mas que eu queria uma pequena aventura.

Na manhã seguinte, fui ao cais. Vi Marco e seus colegas indo para este enorme barco

laranja. Nunca vou
me esquecer, havia uma gaivota
observando todos
nós. Usava um chapéu de capitão e
bebericava uma

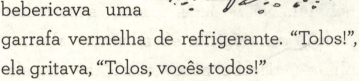

garrafa vermelha de refrigerante. "Tolos!", ela gritava, "Tolos, vocês todos!"

Isso me deixou um pouco nervoso. Talvez eu estivesse sendo tolo? Talvez eu fosse muito novo para toda essa aventura?

Então algo totalmente louco aconteceu. A gaivota de chapéu voou e pousou na minha cabeça. Começou a bicar minhas orelhas e dizer "Hum, cera de orelha com gosto de queijo!"

Isso me apavorou. Eu podia ouvir as pessoas rindo de mim porque eu girava tentando me livrar dela.

Por fim, ela me soltou, o que foi uma sorte porque o motor estava roncando e o barco estava se afastando lentamente do cais. Eu saltei no convés enquanto partíamos. Ufa! Eu estava muito aliviado e empolgado com a viagem.

Comecei a procurar por Marco e seus colegas, mas não os encontrava em lugar nenhum. Na verdade, depois de um tempo percebi que não via *ninguém* em lugar nenhum. O barco estava deserto. Havia só um monte de caixas empilhadas por todo lado.

Senti uma pontada de preocupação na barriga. Algo não estava certo. Após chei-

rar o lugar por um tempo, encontrei uma caixa cheia de feno e bananas. Nessa altura, eu estava com fome e cansado, então entrei nela para comer e dormir.

E quando acordei, dei de cara com um pinguim.

"Aff", falei.

"Oi!", disse o pinguim, acenando.

"Quem é você", eu perguntei.

O pinguim olhou para uma das nadadeiras, que tinha uma pequena etiqueta laranja presa nela.

"Eu sou 354", disse, "Você é bem menor e cabeludo do que os outros cientistas, não me leve a mal".

Acontece que eu estava no barco errado.

A gaivota tinha me confundido tanto que eu subi na plataforma errada. E agora estava indo para a Antártida com um bando de pinguins e cientistas.

Quanto à Mamãe e Papai, bom, tive que juntar as peças com base no que outras pessoas contaram. Aparentemente, quando eles leram meu recado, sentiram-se mal por eu me sentir tão entediado e solitário. Eles decidiram conversar comigo antes que eu partisse. Então enfiaram vocês em uma mochila e correram para o cais.

A essa altura, eu estava no barco errado, mas eles não sabiam disso, né? Papai viu a gaivota com chapéu de capitão e perguntou a ela se ela havia visto uma raposa entrar em um barco. Bom, é claro que ela disse sim.

"Tolos", grasnou ela, "Tolos, todos eles!" E apontou a asa para o grande barco laranja.

Eles subiram na plataforma e entraram no barco. Devem ter procurado no barco todo. Vocês dois estavam chacoalhando na mochila nas costas do Papai. Mas então...

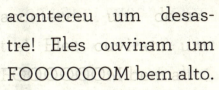

aconteceu um desastre! Eles ouviram um FOOOOOOM bem alto. O barco estava começando a se mover. Papai entrou em pânico. Ele desceu a plataforma e colocou vocês em segurança no chão. Depois voltou para encontrar Mamãe, que ainda estava procurando por mim. Mas, de repente, o barco se afastou do cais e começou a se mover. Mamãe pulou na água sem pensar duas vezes e Papai foi atrás.

(Desculpe, Ted, posso tomar um pouco mais de chá? Obrigado.)

Eles nadaram e nadaram tentando alcançar vocês. Isso foi o que me disseram, e eu acredito. O problema é que, raposas não são os nadadores mais rápidos. E o oceano estava muito agitado ao redor deles. Mais tarde, a gaivota me contou que achou que eles fossem se afogar. Por sorte, Marco e o resto da banda os viram e jogaram uma corda na hora certa. Mamãe e Papai não tinham escolha. Eles agarram a corda e foram puxados para o barco. Aparentemente, Papai gritou algo para vocês dois, mas não tenho certeza do que. E então o barco foi embora.

— *Cuide dele, minha pequena corajosa* — disse Nancy baixinho. — Foi isso o que ele disse.

De repente, ela conseguiu ouvir tudo. As gaivotas, as ondas batendo contra o barco. Seu pai chamando por ela.

— Então... Mamãe e Papai estavam vivos quando foram puxados para o barco? — perguntou ela, ainda encarando a fogueira. Ted havia se aconchegado nela enquanto Rufus falava, e seus caudas se enrolavam uma na outra com força.

Rufus confirmou.

— Sim. Lembrem-se, eu não estava lá. Mas um gato de navio viu tudo. Ela contou a alguns amigos. Fofoca de gato se espalha rápido.

— E você? — perguntou Ted. — Quando você descobriu isso? Por que só estamos te conhecendo agora?

Rufus tirou uma foto do bolso de seu colete.

— Eu fiquei na Antártida por dois anos. Os cientistas ficaram muito empolgados com uma raposa juntando-se à colônia de pinguins. Aparentemente, um deles escreveu

um livro sobre isso. Eu embarquei no primeiro barco que partiu de lá, mas tive que esperar muito. Quando cheguei em casa, corri direto para a toca. Mas vocês já tinham ido embora. Eu perguntei por lá e descobri sobre Mamãe e Papai. E então descobri os cartões-postais. E agora... agora estou aqui.

Todos ficaram em silêncio por muito, muito tempo.

— Isso é LOUCURA — disse Ted. — Não acredito que você andava com pinguins!

Rufus sorriu.

— Eles fedem, mas nos tornamos bons amigos — disse ele. — Eles são ótimos jogando pingue-pongue, por incrível que pareça.

— Você parece um *pouco* comigo, eu acho — disse Ted, encarando Rufus.

Rufus concordou e olhou para o cachecol preto e branco de Ted.

— Esse cachecol — disse ele. — É da Mamãe. Ela deve ter colocado em você antes de deixarem a toca naquele dia.

Ted ficou boquiaberto e seus olhos se arregalaram. Então ele afundou o rosto no cachecol e respirou profundamente. Ele ergueu o rosto com um sorriso.

— Eu sempre amei o cheiro desse cachecol — disse ele. — Agora eu sei por quê!

Rufus deu uma risada silenciosa, mas olhou para Nancy. Ela encarava o chão e não disse uma palavra.

— Nancy? — perguntou ele suavemente.

Houve um longo silêncio.

Por fim, Nancy falou com uma voz estranha e falhada que se transformou num choro.

— Éramos apenas filhotes — respondeu ela. — Filhotinhos!

— Eu sei — disse Rufus.

— Foi tudo culpa sua — acusou ela.

— Sim — concordou ele. — Foi. Tudo isso. E eu sinto muito mesmo, Nancy. Sinto muito, Ted. Vocês podem me perdoar?

CAPÍTULO 15
Perdoando

Muito bem, alguém me disse que eu devia falar algo engraçado depois deste último capítulo porque foi definitivamente **MUITO EMOTIVO**. Mas e os meus sentimentos? Não sou uma máquina! Não sou um tatuzinho performático.

— Você é, na verdade.

— Como é?

— Bom. É que... você é um tatuzinho performático. É, tipo, seu trabalho. Veja, está escrito nesse pedaço de papel.

— Quem é você?

— Foi mal. Foi só um comentário.

— Vá embora! Só tem espaço para um tatuzinho neste livro, e sou eu, ok?

— Tá bem. Sem problemas. Desculpa incomodar. Tchau.

— Honestamente! Este livro vai de mal a pior.

Willow estava sentada na beira do laguinho, deprimida.

— Irmão perdido estúpido — resmungou ela.

— QUAAAACK — grasnou Ingrid. — Por que você está tão triste, Willow? É o Ted?

— Hunf — disse Willow, arrancando algumas ervas daninhas e jogando-as na água. — Ele está com seu novo irmão mais velho, Rufus... Frank diz que eu tenho que "dar espaço para ele" ou alguma coisa chata do tipo.

— Ah — disse Ingrid. — Bom, suponho que Frank esteja certo. Mas logo ele estará de volta.

Willow suspirou.

— Sim, acho que sim. Eu sinto falta dele.

— E aquela irmã feroz? — perguntou Ingrid.

— Ah, Nancy não quer saber do Rufus — respondeu Willow. — Ela está sentada com Titus e Frank há dois dias. É tudo tão CHATO e TRISTE.

Ingrid aproximou-se de Willow e se aconchegou junto dela.

— Agora ouça, jovem coelha. Tenho pensado em um novo show para os Atores do Bosque — comentou ela. — Às vezes parece que essa floresta se esqueceu do seu grupo de teatro de vanguarda.

As orelhas de Willow se ergueram.

— Ah, Ingrid! — disse ela. — Eu e Ted amaríamos voltar com os Atores do Bosque!

— Preciso de ajuda para escrever um novo show — disse Ingrid. — E eu conheço a coelha que pode me ajudar.

— Quem? — perguntou Willow.

— Você, bobinha! — grasnou Ingrid, batendo suavemente na cabeça de Willow. — Sir Charles e eu temos diferenças criativas. Quando Ted se recuperar de todo esse drama familiar, podemos começar os ensaios. Combinado?

Willow levantou-se e começou a saltar para cima e para baixo.

— Sim, Ingrid! Mil vez siiiim!

E Ingrid piscou devagar, o que era o mais próximo que ela chegava de sorrir.

Ted pulou da cama e começou a jogar coisas dentro da mochila: cobertores, uma toalha seca, metade de uma barra de sabonete.

— Você não está indo ver aquele... perdedor outra vez, está? — disse Nancy rispidamente.

— Sim, estou, Nancy — respondeu Ted. — Ele é nosso irmão. E você deveria vir também.

Ele correu para fora da toca. Nancy o seguiu.

— Ah! — disse Frank. — Justamente as raposas que eu estava procurando.

Ele entregou um café a Nancy.

— Quando você vai conhecer o Rufus, Frank? — perguntou Ted. — Você gostaria dela, tenho certeza!

Frank concordou e olhou para Nancy.

— Tudo a seu tempo, garoto — respondeu ele. — Eu o vi do alto das árvores de qualquer forma.

Nancy não conseguiu impedir Ted de visitar Rufus. Mas ela tinha pedido a Frank que o vigiasse, só para ter paz de espírito. Frank entregou a Ted um pedaço quentinho de pão.

— É para seu irmão — disse Frank timidamente, tentando não atrair o olhar de desdém de Nancy. — Titus que mandou.

— Ah, isso é tão gentil da parte dele — disse Ted com um sorriso. — Rufus precisa ganhar peso. Tem algum recado para ele, Nancy? — perguntou Ted.

E Nancy disse coisas bem rudes para escrever nestas páginas. Depois saiu andando com a cauda balançando de raiva.

Mesmo assim, Ted não a deixaria acabar com seu humor. Ele colheu um punhado de margaridas e saltou contente em direção ao buraco do monstro. Rufus permaneceu onde estava, recusando-se a se aventurar mais no bosque. Em vez disso, amarrou alguns cobertores velhos e gastos entre os galhos do carvalho.

Quando Ted chegou, ele estava aquecendo as patas próximo a uma fogueira.

— Bom dia! — cumprimentou Ted. — Titus deu um pedaço de pão para você. E eu te trouxe um sabonete!

— Ah, obrigada, meu chapa — disse Rufus. Ele tentou olhar ao redor casualmente.

— Nancy ainda não está se sentindo muito bem — disse Ted. — Mas tenho certeza de que ela logo virá te visitar. Enfim, veja! Eu te trouxe várias coisas.

Ele colocou as flores em uma jarra e Rufus acabou com o pão em segundos.

— Uau! — disse Ted. — Você realmente está com fome. Se você voltar comigo, Titus cozinhará de tudo. E você vai conhecer Wiggy, que é muito engraçado, e você vai conhecer Willow...

Rufus riu.

— Sua melhor amiga, eu sei — disse ele. — Ah, eu realmente quero, garoto. Mas tenho que respeitar o espaço da sua irmã, sabe? Eu despejei muita coisa em vocês.

Ted sentou-se ao lado de Rufus e tirou o caderno da mochila.

— Anotei algumas perguntas sobre a Mamãe e o Papai — disse ele. — E *depois* eu tenho algumas perguntas sobre você. E tenho vinte fatos incríveis para te contar sobre mim, Ted.

— Uau — disse Rufus. — Isso é uma espécie de vínculo a jato?

— É exatamente isso — respondeu Ted. — Temos que compensar o tempo perdido. E eu trouxe uma escova. Vou pentear o seu pelo enquanto você fala, ok?

— Você é brilhante — disse Rufus.

— Eu sei! — Ted sorriu.

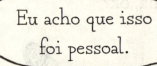

> Não sei, qual é a desses "novos personagens"? O que há de errado com os antigos personagens, já testados e aprovados, hein? Como seu velho amigo, Eric D. Não precisamos de outro tatuzinho por aqui, é isso que estou dizendo.

Eu acho que isso foi pessoal.

Titus estava preocupado com o solo do lado de fora do seu trailer. Nancy andava tanto para cima e para baixo que tinha desgastado a grama. Agora era apenas um pedaço de terra marrom e triste.

— UHUUUUL! Estou aqui para animar uma raposa triste! — gritou Soluço, a gralha festeira. Ela colocou um chapéu de festa na cabeça de Nancy e soprou algumas bolhas de sabão em seu rosto. — Você não pode ficar triste enquanto faz a dança do pintinho amarelinho, né?

Nancy arrancou o chapéu e pisou nele.

— Tudo bem, talvez em outro momento, UHUUUUL!

E Soluço saiu dançando em silêncio, deixando o quintal de Titus.

Titus colocou o focinho para fora do trailer esperançoso.

— Bela tentativa, Titus — disse Nancy.

— Ah, que pena! — disse Titus. — Eu queria tanto te animar. O que faremos com você, Nancy?

— Hunf. Ela podia visitar seu novo irmão mais velho, talvez? — piou Frank, que estava deitado preguiçosamente no galho de uma árvore.

Nancy jogou uma castanha na cabeça dele.

— O quê? — perguntou Frank, batendo as asas. — Vamos lá, garota. Já está ficando chato.

— Por que tenho que perdoá-lo? — retrucou Nancy. — Ele não se importa comigo e com o Ted! Por que ele não nos encontrou antes?

Frank desceu e se sentou nos chifres de Titus.

— Bom, ele obviamente se importa, ou não teria nem se dado ao trabalho de encontrá-los — disse ele. — E você nunca saberá as respostas para as outras perguntas a menos que converse com ele, não é?

Titus concordou com a cabeça, o que fez Frank cair dali. Ele deslizou sobre um prato de bolachas de chocolate.

— Eu me lembro — disse ele, com migalhas de bolacha caindo do focinho — quando dois jovens visitantes cavaram seu caminho até o bosque. Não sabíamos o que esperar, mas, ah, eu estava tão empolgado para conhecê-los.

Nancy revirou os olhos.

— Você quer dizer eu e o Ted, né? — disse ela. — Pare de tentar me fazer sentir culpada.

— Na verdade eu estava falando de Samina e Jeff, duas minhocas totalmente *adoráveis*. Mas agora que você mencionou, sim!

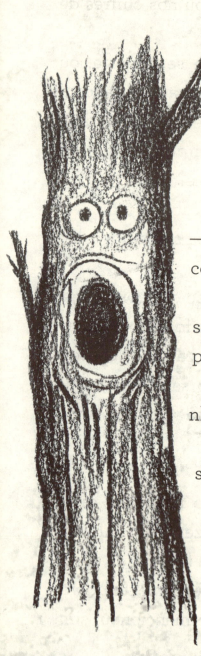

Você e Ted foram recebidos de cascos abertos! Por que não dar uma chance a Rufus?

Nancy bateu a cabeça em uma árvore.

— Ai! — disse a árvore.

— Desculpa — disse Nancy. — Mas eu estou tão irritada com ele.

— Então diga a ele! — disse Frank. — Vai fazer você parar de fervilhar de raiva.

Nancy jogou outra castanha nele.

— Tudo bem, velha coruja sábia — disse ela.

— Bom, é o que o Dr. Khan me disse para falar — comentou Frank. — Mas me parece uma boa ideia.

CAPÍTULO 16
O final

Era final de tarde, e Ted e Rufus haviam conversado o dia todo. Frank tinha sido um pouco sorrateiro e, a pedido de Ted, havia trazido um pouco de água limpa e fresca do Lago Cristal da Floresta Cintilante. Depois de se limpar com a água e um pouco de sabonete, e de Ted ter escovado seus pelos, Rufus não estava nada mal.

— Esse Titus cozinha que é uma beleza — disse Rufus, comendo seu décimo bolinho do dia. — Você se deu bem aqui, garoto.

— Queria que Mamãe e Papai nunca tivessem partido, na verdade — disse Ted, um pouco melancólico.

— Ah, eles estavam fazendo o que achavam melhor — disse Rufus. — Você não vê mais aqueles humanos em cavalos por aqui?

Ted balançou a cabeça.

— Nem. Eles só costumam jogar coisas fora agora, como aqueles pneus.

Rufus estremeceu.

— Eles eram horríveis — comentou ele. — Eu vi você me olhando naquela noite.

— Por que não disse alguma coisa então? — perguntou Ted.

— Estava muito nervoso, eu acho. Sua irmã já não acredita em mim do jeito que foi. Ela definitivamente não acreditaria se eu surgisse dos pneus parecendo o monstro das profundezas!

A luz do bosque agora estava quente e dourada. Os irmãos começaram a recolher toras para a fogueira de Rufus.

— É melhor você voltar para sua irmã antes que fique escuro, Ted — disse Rufus. — Não quero que ela fique mais irritada comigo.

— Ah, buuu! — disse Ted, mas ele recolheu suas coisas para ir embora. — Acho que você está certo. Pelo menos não tenho que me preocupar mais com o Pé-Grande.

Rufus se levantou e deu um abraço em Ted.

— Diga *oi* a Nancy por mim — pediu Rufus.

— Diga *oi* você mesmo — resmungou uma voz.

— Nancy! — gritou Ted, correndo até a irmã, que trotava em direção a eles.

Ted a arrastou até a fogueira. E ficou lá, sorrindo para a irmã e o irmão.

— Ted, vá brincar um pouco com sua amiga coelha — disse Nancy. — Ela sente sua falta. Está há dias enchendo o saco de todo mundo.

— Ah! Mas eu quero ficar aqui com vocês! — reclamou Ted, abanando a cauda desapontado.

Rufus piscou para Ted.

— Vá, garoto. — Ele sorriu. — Vejo você amanhã, tá bem?

— Tá beeeem — suspirou Ted. Ele podia ver que Nancy e Rufus precisavam de um tempo a sós.

— Que carinha legal — disse Rufus, observando Ted saltitar feliz em direção à Vila dos Coelhos.

— Sim — disse Nancy. — Ele é o melhor.

Rufus sentou-se em um tronco e gesticulou para Nancy fazer o mesmo. Ele tossiu de nervosismo.

— Sei que temos muitas coisas para conversar — comentou Rufus, coçando as orelhas. — Eu tenho que dar muitas explicações. E prometo que vou, mas... Ted estava me contando dos seus sonhos.

— Sim, bom. Eles fazem um pouco mais de sentido agora, eu acho — murmurou Nancy.

Rufus mexeu nos bolsos de seu colete gasto e tirou dali uma flauta.

— Achei que você gostaria de ouvir algo — disse ele.

E depois de alguns sopros para limpar a poeira, Rufus tocou uma melodia. Ele olhou para Nancy para ver se ela a reconhecia.

O pelo dela estava arrepiado.

— É isso! — ela sussurrou. — Essa é a melodia... aquela que estou ouvindo nos meus sonhos!

Rufus sorriu.

— Ted disse que você não conseguia se lembrar das últimas notas — disse ele. — Vou tocar outra vez.

Nancy fechou os olhos enquanto Rufus tocava. Ela sentiu uma sensação incrível como se a música estivesse viajando por seus ouvidos e espalhando um brilho quente pelo seu corpo. Ela colocou a pata no peito e sentiu seu coração bater.

— Mamãe costumava cantar para nós — disse Rufus suavemente. — Toda noite, antes de dormimos. Ela que inventou. Foi a primeira coisa que aprendi a tocar.

Nancy não disse nada. Apenas se deitou no tronco próximo ao fogo e suspirou.

Rufus sorriu. Era a primeira vez que via Nancy tão relaxada.

— Vou tocar mais algumas vezes, então — disse ele.

E ele tocou a música várias vezes, até o sol se pôr e Nancy cair no sono mais profundo que já tinha tido.

Titus bateu um garfo em um pote de geleia cheio de flores. Ted havia organizado alguns deles na mesa de jantar, já que era uma ocasião especial.

— Ah, não — disse Ingrid. — Por que ele insiste em fazer discursos? Deixe isso para nós, os profissionais.

— Deixe-o ter seu momento, querida — disse sir Charles.

— Meus queridos amigos! — disse Titus, enxugando o focinho com um lenço. — Isso não é maravilhoso? Parece que foi ontem que demos as boas-vindas a Ted e Nancy no bosque. E agora estamos recebendo outro membro dessa família maravilhosa, Rufus!

Houve alguns aplausos, gritos e grasnados. Rufus corou.

— Na verdade — continuou Titus —, suponho que deveríamos dizer bem-vindo de volta. Porque Rufus é do bosque, assim como a querida Nancy.

Houve mais gritos e aplausos. Então ouviram um barulho estranho de alguém se engasgando, mas era apenas Pâmela tentando engolir um pote de geleia de uma vez só.

Rufus se levantou.

— Não posso agradecer o suficiente — disse ele. — Por receber meu irmão e minha irmã, e por dar a eles a família amorosa que eles merecem.

— Ele está se referindo a mim! — disse Willow, apontando para a própria cabeça. — Família amorosa beeeem aqui, aham!

Nancy jogou um bolinho nela, mas Willow pegou-o habilmente com a boca e fez um joinha para Nancy enquanto o mastigava.

— Gostaria de fazer um brinde — disse Rufus, erguendo sua taça de limonada. — A Rex e Jess. Nossos corajosos e amorosos pais. Para sempre em uma aventura, onde quer que estejam.

— A Rex e Jess! — gritaram todos, brindando os copos.

— UHUUUUL! UHUUUUL! Vamos fazer uma festa louca! — disse Soluço, estourando cinco estalinhos que a fizeram voar pelos ares.

Pâmela começou a tocar algumas músicas da cabine móvel de DJ de Soluço.

— Tem sempre uma música e uma dança nesse lugar estúpido — reclamou Ingrid.

— Ah, você adora isso, Ingrid — disse Frank, bicando uma batata assada. — Me concede essa dança? — e estendeu a asa.

— Não — respondeu Ingrid.

Sir Charles Fotheringay observou sua esposa furiosa caminhar até Willow.

— Ela não é *maravilhosa*? — suspirou ele.

Frank apenas revirou os olhos.

Willow estava ocupada contando a Ted sobre o novo projeto teatral que ela estava criando com Ingrid.

— Ah, Willow, mal posso esperar! — disse ele, pulando para cima e para baixo. — Você é a melhor. Me desculpe por não estar por perto esses dias. Espero que você saiba que eu sou seu melhor amigo para sempre.

Willow riu.

— COMO SE eu me preocupasse. Eu sou ótima! E seu novo irmão parece legal agora que tomou um banho.

— Você vai sentir falta de ser uma caçadora de monstros? — perguntou Ted.

— Quem disse que eu vou parar? — sussurrou Willow, os olhos se estreitando.

— **TROOOOOONCOCURUTO!** — gritou Ginger Fiasco, atirando-se dos galhos de um espinheiro. Ela colidiu no ar com Martin, derrubando seus tênis piscantes. Um deles caiu na cabeça de Soluço.

— AEEEEEE! — gritou ele. — Quem desligou as luuuuuuzes? Hora da festa no escuro, ihuuuul!

— Não quer jogar? — perguntou Rufus, cutucando Nancy e indicando os esquilos de troncocuruto.

— Nem — disse ela, dando tapinhas na barriga. — Não depois de tanta comida.

— Fazia tempo que eu não comia assim — comentou Rufus. — Quando voltei da Antártida, vocês tinham desaparecido, então comecei a vagar. Não sabia o que fazer comigo mesmo. Segui os canais que levavam para fora da cidade. Te digo uma coisa, nunca mais quero comer peixe.

Nancy riu.

— Ainda temos muita coisa para colocar em dia. Você vai ficar um tempo por aqui?

— Sim. Tem problema?

— Não — respondeu Nancy.

— Você não quer voltar mais para a Cidade Grande? — perguntou Rufus.

Nancy observou Ted e Willow rolando no chão e os esquilos voando sobre sua cabeça.

Titus e Wiggy cochilavam em algumas espreguiçadeiras.

— Não — respondeu Nancy outra vez. — Acho que somos raposas do bosque, não é?

Rufus concordou e colocou um braço em volta de Nancy. Ela não se moveu.

— Sim — disse ele, abraçando-a com força. — Acho que somos.

Ah, eu **ADORO** um final feliz, você também? Sinto que foi uma montanha-russa de emoções. Todos nós crescemos, não é? Posso sentir em meu exoesqueleto. Eu me tornei um tatuzinho melhor, mais sábio e mais gentil!

**Encomende agora!
Lançamento... provavelmente nunca.**

ALERTA DO TATUZINHO DA LEI!
O honorável senhor juiz Dinamite está aqui para lembrá-los de que esses livros são, na verdade, **TOTALMENTE FALSOS** e **NÃO EXISTEM** e **VOCÊS NÃO PODEM COMPRÁ-LOS**. Vou levar os culpados para a prisão onde ficarão sentados para pensar muito sobre o que fizeram. Obrigado.

LIVROS DE VERDADE!

NADIA SHIREEN

Aventuras no
BOSQUE

MORRA DE RIR
COM A SÉRIE
MAIS ENGRAÇADA
DO ANO!

MILK
SHAKESPEARE

COMPRE-OS
AGORA, por favor.

LEIA TAMBÉM

Conheça o diário de aventuras de Coop Cooperson!

Ele é o único ser humano na Escola de Aventureiros, um lugar onde ensinam como se tornar um explorador na Terra de Eem, um mundo povoado por criaturas e monstros de diferentes espécies.

Junto com os amigos: Oggie, Mindy e Daz, a aventura está mais do que garantida. Se você quer curtir um passeio alucinante por um mundo mágico, embarque nessa aventura e aperte os cintos!

ASSINE NOSSA NEWSLETTER E RECEBA INFORMAÇÕES DE TODOS OS LANÇAMENTOS

www.faroeditorial.com.br

ESTA OBRA FOI IMPRESSA EM JUNHO DE 2024